温暖故事

有爱就会坚强

YOUAIJIUHUIJIANQIANG

赵谦/著

敦煌文艺出版社

图书在版编目（CIP）数据

有爱就会坚强 / 赵谦著. -- 兰州 ：敦煌文艺出版社，2013. 6
（温暖的故事）
ISBN 978-7-5468-0529-0

Ⅰ. ①有… Ⅱ. ①赵… Ⅲ. ①故事－作品集－中国－当代 Ⅳ. ①I247.8

中国版本图书馆CIP数据核字（2013）第128882号

有爱就会坚强
（温暖的故事）
赵 谦 著
责任编辑：刘仕杰
封面设计：三合设计公社

敦煌文艺出版社出版、发行
本社地址：（730030）兰州市城关区读者大道 568 号
本社邮箱：dhwy@duzhe.cn
本社博客（新浪）：http://blog.sina.com.cn/dunhuangwy
本社微博（新浪）：http://weibo.com/1614982974
0931-8773084（编辑部） 0931-8773235（发行部）

北京泽宇印刷有限公司
开本 710 毫米×1000 毫米 1/16 印张 12 字数 190 千
2013 年 9 月第 1 版 2013 年 9 月第 1 次印刷
印数：1～5 000

ISBN 978-7-5468-0529-0
定价：23. 80 元

序言

Preface

人生就像弈棋，一步失误，满盘皆输，这是令人悲哀之事；而且人生还不如弈棋，不可能再来一局，也不能悔棋。

——弗洛伊德

故事就是让人在生活的过程中，一步一步走好，不要有任何失误，否则就是满盘皆输。让故事温暖我们的心灵，让故事教我们如何走好生活的每一步。故事启发人生，故事教人执着，故事让人从善，这就是故事的意义。本书力求以故事的形式，让人们去思索，去感悟。在这里，我所奉献给朋友的一句话就是：两种人让我永远记着，一种是对你暗算，甚至背后捅刀子的人；另一种是对你无私帮助的人。记住前者，决然不是为了报复，而是那种冷漠的目光，甚至闪着寒光的刀锋，给了你向前奔跑的力量；记住后者，是因为那种温暖，能让你始终笑着面对生活。

向这两种人致敬！这也是我写这些文章的一个重要目的。

有了这样的人生感悟，说明我们就有了宽广的胸怀，有了做人的方向。就有了一颗感恩的心。

赵　谦

2013 年 3 月 30 日

目录

Contents

第三辑　养个二房好挣钱

第四辑　房子是个聚宝盆

第五辑　好苗要成大树

第一辑

EPISODE 1

花钱买存折

防守是最好的进攻

朱雨和王湛是分别来自江南水乡和大巴山的大学新生。独特的环境给了她们灵气，让她们不仅在学习上是佼佼者，而且无论是气质还是身材她们也很出众，被公认为校花，同学分别送了她们雅号："绝色一号"和"美女一号"

自入学以来，她们一直刻苦学习。尤其是朱雨，还当上了系里的团委书记。然而一些男生的到来，打乱了她们的宁静。这批人由于成绩稍差，是过后补录进来的新生。其中有两个分别叫苏南和江进的男孩特别引人注目，他们都来自私营经济相当发达的温州。报到那天，他们的家长开着车不远千里送来的，为他们办好了一切手续，并在外面租了房子，临走时还把小汽车留了下来。大学生每天开着车上学放学，这本身就是很新鲜的事情。

他们和朱雨、王湛一样，都是学经济管理的。只不过，他们是富家子弟，学成后要继承家族企业的；而朱雨来自农村贫困家庭，希望将来能改变家里落后的面貌。很快，朱雨就发现苏南对自己特别在意，经常向自己套近乎。实话说，朱雨对这种富家子弟素无好感，总认为这种人向来是没有上进心，好吃懒做。但不可否认，苏南的长相很讨人喜欢，很帅很有气质，属于那种大众情人类型的。每当学校组织篮球比赛时，苏南精准的投篮和出色的防守，让人禁不住为他鼓掌。朱雨每次都带领拉拉队为他加油叫好，但也仅限于此。在学习上苏南的表现实在不敢让人恭维，不过这也给了他向朱雨求教的机会。虽然很多时候，他是心不在焉或者是心猿意马的，但碍于情面，朱雨总是耐心地给他讲解。苏南不失时机地要请她吃饭，但每次都遭到婉拒。

有一天，苏南说要送给朱雨一件礼物，朱雨正要拒绝时，苏南已经麻利地拿出了一只漂亮的小手机。在这手机满天飞的时代，朱雨竟然没有，每次给家里打电话还要到公共电话亭去排队。苏南说："你就收下吧，我找你补习功课也方便啊。"他不想给朱雨拒绝的机会，进一步说，"要不，就当我借给你的，你不需要了再还给我。"话虽然说到这个份上，朱雨还是很礼貌地回答："要不这样，我需要的时候再向你借吧。拿人的手短，你要让我背上负担吗？"苏南的心都快碎了，心想这个人怎么这么顽固啊，但越是这样，越让他不肯罢休。没想到接下来朱雨主动邀请他："要不，咱们一起去看电影吧。"苏南高兴地几乎跳起来。他们不像其他情侣，躲在角落里，卿卿我我而只是像一般的朋友那样，静坐在一起朱雨分寸把握得很好。

又有一次，朱雨发现自己饭卡上多了五百元钱，虽然她不清楚自己的卡是怎么落到别人手上的，不过她知道这肯定又是苏南做的。苏南笑着说："小姑奶奶，就算是我请你的，你不能总是吃粗茶淡饭吧。"朱雨说："我就愿意粗茶淡饭，这样还减肥呢。你说该怎么办吧？"苏南眼珠一转说："反正钱已经充上了，要不你每天替我打饭吧。"想想没有别的办法，朱雨只好答应了。于是他们就经常在一起吃饭，正是在这样吃饭中，互相有了更多的了解，谈的话题也越来越广泛了。

朱雨到过苏南租住的房子里，那是一套两居室的新房，对门正是江进。这时的江进已经与王湛打得火热，他们每天出双入对，像小夫妻一样，开着车在外面兜风，逛超市购物，在出租房里一起做饭，晚上也光明正大地住在一起。

正是那一次，苏南很大胆地拥抱了朱雨，朱雨则面色潮红地躲闪着。苏南羡慕地说："你看人家俩。"朱雨则说："你真该找一个放得开的女朋友。"苏南一听急了："难道你不是我的女朋友？""什么啊，我就是你的一般朋友，你可不要想得太多。"想想也是，她还一次也没有表达过自己的爱呢，似乎她对其他男生也是这样的。这让苏南痛苦不堪，到底怎样才能赢得她的芳心啊。

又过了几天，朱雨对苏南说："你真应该搬进学校来住。"苏南马上否定道："那可不行，在学校里太不自由了，按时停电停水，还不准男生女生互相串宿舍。"朱雨给出的理由也让他很动心："你在外面，我们见面的机会不就少了吗？"这让苏南的心怦然一动，这么说她也在乎自己啊。"你可以经常到我那儿去啊。"朱雨说："不可能。你要不搬进来就算了，反正也没有人强迫你。”没几天，苏南真的就搬进来了。他的小汽车也一度派不上用场了，就停在小区里。这让江进感到很不可思议，劝他也没有用。苏南说：“为了追上她，我做什么都无所谓，不像你，这么容易就把美女一号给追到手了。”江进劝他：“美女不有的是吗，干吗非得一棵树上吊死。”苏南摇摇头，“我就是要追她。”

以后的日子里，他们的关系总是若有若无，若近若远，若即若离。这让苏南很摸不着头脑，他大着胆子向她表达了好几次，可得到的都是模糊的答案。尽管他们有了几次接吻，然而每次过后朱雨都会离他远一点距离，好几天不理他，有时甚至还鼓励他可以找别的女孩谈谈，他多次痛苦地想结束这种关系。可是当他刚有这样的想法，还没来得及付诸实施时，朱雨又会对他好起来，不光为他打饭，还替他洗衣服，又让他欲罢不能。对他来说，她永远是一个谜，让他不得不进行艰难地探索。后来他竟然惊奇地发现，自己越来越听她的话了，比如，她经常让他背书，让他在周末学习，他不得不照做。这对一贯在家里娇生惯养、说一不二的他，是从来没有过的事情。

周末，他们做的最多的就是去爬山。朱雨说她从小就热爱大自然，热爱爬山运动。人们经常见到他们穿着运动装，背着登山设备，骑着山地车疾驰，看上去非常阳光。

他们这种不明不白的关系就这样一直保持着。四年很快就要过去了，苏南知道再不挑明，恐怕再也没有机会了。出人意料的是，朱雨说：“我决定考研。你要是感觉我值得你等的话，就等我吧。否则，你可以选择其他女孩。就像你的老乡那样。”他知道她说的是江进，这家伙此时已经换了三任女朋友了，那个曾经在江进眼里美得不能再美的王湛早已经被淘汰出局。他连忙说：“我等你，只有你才值得我爱。”直到这时，他们才有了一次轰轰烈烈的拥抱和接吻。那一次他们都特别投入，但最后一道防线在她的理智下始终没有突破。

于是他第一次把自己恋爱的事情告诉父母，第一次带着她回家。虽然不是门当户对，但是她的美貌和教养，让苏南的父母无可挑剔。唯一让他们担心的是，这只没有煮熟的鸭子会不会飞走。

苏南很快就接手家里的企业，一面痴心等着朱雨。朱雨也在上研究生期间，多次给他帮助和指导。从一个生意场上的嫩黄瓜到一名稳健的行家里手，他做得红红火火。几年的历练，让他明白静若处子，动若脱兔的道理。无论身在何处，他的心似乎总是被朱雨牵着，他知道在感情方面，自己早已经做了她的俘虏，直到他拥着她走进婚姻殿堂的那一刻。

过了好久，王湛偶然遇见了朱雨，尽管她也在做点生意，但看得出来并不是很顺。坐在咖啡厅里，她不无羡慕地问朱雨："我就纳闷，当初我跟江进爱得可是死去活来，海誓山盟都有，到头来他还是抛弃了我，我听说你的那位苏南在高中就很花的，竟然甘心拜倒在你的石榴裙下，这是为什么？"

朱雨说："当今大学就像一个大染缸，当一个人无遮无拦地把自己暴露出来的时候，当一切神秘感和新鲜感都失掉了的时候，自己也就到了被淘汰的时候了。其实我一开始就爱上了苏南，只是这家伙根本不知道，当初我让他搬进学校里住，就是怕自己把持不住，做了他的俘虏，那样我也就没有今天了。"她继续说："你也许不知道吧，四年大学生活，江进没有学到多少东西，倒是练成了一名谈情说爱的高手，到底是纨绔子弟，自己的企业最终就毁在了另一名女人的手里，弄得老婆也正跟他闹离婚呢。"

没想到王湛淡淡地说："这也许是他的报应，不过有件事我得告诉你，大一期间，我怕江进会看上你，移情别恋，所以就极力怂恿苏南追求你，并为他出了好多点子，没想到最后的结果竟然是这样。也许我真的做错了。无论做什么事情，把握好自己是最重要的，我恰恰在这方面当了自己的俘虏。"

谁家的馒头大又白

这几天，省城里出了件新鲜事，在一个繁华路段，新开了一家馒头店。虽然还没有店名，但是生意却很红火。来买馒头的人，不，应当是来领馒头的人络绎不绝。原来这家馒头店，打出的横幅上面写着：一个月内免费领馒头。

当然，也不是谁都可以来领免费的馒头，而是只送给生活在城里的弱势群体。开始没有多少人相信，毕竟骗人的事情层出不穷。但是当有几个民工来领过之后，果真没有收一分钱，难道是馒头质量有问题？可是这馒头吃起来，色、香、味俱佳。再看看店铺里面，虽然面积不算大，但是干净，整洁。店员们也都是穿着整齐，连和面都带着卫生手套。于是一传十，十传百，来领馒头的人越来越多了。这里边最多的是民工和乞丐，其次就是些小商贩。每天都能送出三四百个馒头。

小店很快有了名声。这天，外面开来一辆小轿车，从里面下来一个穿西装打领带的年轻人，先是看了看店面，然后张口就要买十个馒头。店里的临时负责人小张说道："对不起，我们的馒头现在是只送不卖。"年轻人急了，说道："你们傻啊，我十块钱一个行不?"说着就甩过来一张崭新的百元大钞。可是小张仍然一个劲地说这是老板的规定，不能破，请谅解。年轻人只好十分生气地走开了。

又有一天，来了两个小伙子，说是要领八个馒头。可是小张仍然拒绝了，说："抱歉，我们还是把机会让给那些最需要的人吧。"两人只好悻悻地走开了。因为小张刚才看见他们把车停在了路边上，其中一个嘴里嚷道："牛什么牛啊，不就是送几个馒头吗，等老子有钱了，送烤鸭。"

不过，也有个例外，有两个戴红领巾的小学生倒是每天中午都来领馒头。按说他们不是穷人家的孩子，不该领啊。因为第一天，他们过来说那边住着两位老人，需要馒头，但是又不方便来领。小张看了看他们稚气的脸，二话没说就给了他们四个馒头。小学生走后，小张在后面跟着，看他们来到两里路以外的一个废旧工地，然后爬进了一个横放着的很粗的水泥管子里面。过了一会儿，小学生就爬出来，背上书包走了。小张这才来到水泥管子旁边，往里一看，里面竟然住着两位老人，看来是对老夫妻，腿都有残疾，里面摆满了锅碗瓢盆，仅是一个简陋的家。一看就知道他们是拾荒的，因为管道后面堆满了各种废品。毕竟管子不够粗，他们只能在里面爬行。小张心里一酸，就默默地走开了。此后，两个小学生就每天来领馒头。

一个月马上就要过去了，人们倒要看看，下一步该怎么办。没想到馒头照样送，也开始外卖，只不过在形状上有点区分。外卖的馒头小，免费送的馒头大。除此之外，在质量上没有任何不一样。有人马上就发现了这里面的奥秘，原来，市民们生活水平高，馒头吃得少，如果大了吃不了的话就可能扔掉了。而民工们和乞丐经常在外面吃饭，如果馒头太小的话，会不好摆放，有两个大大的馒头既好吃又便于携带。看来这个老板不一般啊。这更增加了人们想认识一下这位老板的欲望。有许多好心的市民，也有记者来追问这个问题。店员们都摇头说不知道。不过，他们的这一善举，让很多人竖起大拇指。

又过了一段时间，小张发现两个小学生不来领馒头了。一问才知道原来他们转学了。于是小张就担负起给两位拾荒的残疾人送馒头的任务。这件事情被一个记者发现了，发在报纸上，一时间好评如潮。小小的馒头店成了人们的大话题。经常有人送来个鲜花和感谢信，还有送锦旗的。

人们原来还以为馒头店是在作秀或者借机炒作，现在才发现根本不是这么回事，来买馒头的市民固然不少，但是来领免费馒头的人更多。看来他们真的不是以盈利为目的。可这到底是为了什么呢？幕后老板会是谁？

这天，门外开来一辆卡车，上面了整整一车的面粉。司机走进店里对小张说："请出来几个人搬面粉。"小张一查单子，抱歉地说："对不起，我们没有进富康的面粉，你弄错了。"司机笑着说："没有弄错，这是我们老板捐赠你们的。善事大家一起做。"小张为难了。这么大的事情他可做不了主。虽说富康面粉是名牌，是当地最好的面粉，可要是有人假冒怎么办，出了问题怎么办。司机好像看出了他的心思，掏出来一张名片，说道："这是我们老板的电话，你可以让你的老板给他打电话协商一下。"小张接过名片就到了里屋。过了好大一会儿，小张出来招呼大家一起搬运面粉。

小店用富康面粉蒸馒头的消息不胫而走，馒头店前经常排着长长的队伍。

没过多久，当地的媒体就刊登出了馒头店老板的照片，竟然是个残疾人。再仔细一看，哇，竟然是刘云吉，一位拥有多家制衣公司的成功人士。人们这才感叹怪不得呢，人家财大气粗啊。这下刘云吉可不得清闲了，各大报刊杂志，还有电视台的记者都来采访他，他躲避都来不及。他当着记者的面一直埋怨富康的老板王铭筱。

架不住记者的提问，刘云吉谈起了自己开这家馒头店的初衷，他就是想报答社会，这缘于自己的一段特殊的经历。二十多年前，高中毕业后，他到城里来打工，可是因为自己特殊的身体状况，没有人肯用他，身上带的钱也花光了。在一个北风呼啸的中午，他有气无力地出了一家工厂，再也走不动了。就斜靠到周围的一家居民楼的院墙上。这时出来一位老大妈，连忙扶住他，让他到家里去歇歇。他心里很想去，但是看看自己一身褴褛，连忙拒绝了，说没事，靠着墙晒会太阳就好了。

老大妈也就没有再说什么。过了一会儿，她拿着一床被子，端着一大碟子豆腐干出来，说是要晒晒，豆腐干就放在刘云吉的旁边。刘云吉下意识地躲了躲，可是一直等到黑天了，还不见老大妈来收豆腐干和被子。他当时的确饿坏了，但也只能强忍着。后来，实在坚持不下去了，这时正好听见单元楼里，有人在对话："你快去取回你晒的东西啊。""老头子，你别管了，我拿出去就是让小伙子吃的。""那你干脆把他叫到家里来吃多好啊。""嘘，你小声点，我叫了，他不来，你也不想想，一个大小伙子家，能抹得开面子吗?"听到这里，刘云吉的眼泪夺眶而出，他吃掉了大半盘子豆腐干，然后裹着被子睡着了。天刚亮，他就离开了。走的时候，他本想把剩下的豆腐干也揣在兜里带走，但是想了想，还是没有带，他下决心从最脏最累的活干起，先有碗饭吃，养活自己。后来他找到了一家服装公司，靠着自己的勤奋和聪明的天资，他在公司里一再受到重用提拔，再后来，他有了自己的厂子，有了自己的事业。但是他一直没有忘记那位老大妈帮助自己的情景。让受冷的人有个能晒太阳的墙根靠一靠，让挨饿的人有个馒头吃，一直是他朝思暮想的心愿，于是就开了这家馒头店。采访时候，不止一个记者问同样的问题：馒头会送到什么时候为止？每一次，刘云吉都坚决地说："没有什么为止，会一直送下去！"

大家都被刘云吉讲的故事感动了。一时间有捐钱的，有捐物的，通过馒头店分给这个城市里最需要的人。

刘云吉提出来，馒头店还没有名字，请大家取个好听的名字。市民和网友想出了各种各样的名称，最后，有个叫"蒸一流"名字入选。馒头店挂牌那天，来了很多人，其中有个年轻人特别引人注目，他就是富康面粉公司年轻的老板王铭筱。

店员们一眼认出来，他就是原先开车来买馒头的年轻人。当时他听说这边新开了家馒头店，想来看看，推销自己的面粉，当得知馒头店里的馒头只是免费送时，他很好奇，就一直关注着。联想起自己在创业之初，也得到过别人的帮助，现在自己有钱了，他也毫不犹豫地加入了慈善的行列，并通过刘云吉打给他的那个手机号码，最终搜寻到了馒头店的幕后老板。

"蒸一流"馒头淡淡的香气，继续在这个城市的空气中弥漫着，让人们闻着就有种踏实的感觉，也给这个城市增添了别样的风采。

笑脸奇功

已进六月，阳光强烈，天气非常炎热。

中午刚下班，鹿晓溪打着太阳伞从公司里出来，她站在路旁的一棵大树下等候刚约的一位客户。手机响了，客户抱歉说因遇到紧急情况，不能来了。

鹿小溪刚想离开，这时，有人叫她，她扭头一看，是个穿着白色T恤的男子。“你叫我吗?”她怀疑地问。男子有些愣愣的，说：“是啊，你不记得我了吗？我是你以前的一个同事。”鹿小溪想了想好像没有什么印象，又打量了一遍这个人，他看上去穿得还算干净，但给人的感觉是有某种不协调。或许因为自己换单位比较频繁，真的忘了呢，她这样想，就问：“哦，请问你找我有什么事情吗?”男子的嘴动了一下，很费力地回答：“我叫王子豪，以前借过你两百块钱呢。”这么一说，鹿小溪有些云里雾里的。王子豪说：“等我把这笔账清了，就再没有牵挂了。”这句话让鹿小溪心里一颤，她虽然不明白话的真实含义，但分明隐含着一种怨气，作为公司高管，作为一个谈判桌上的高手，她练就了从对方的语气和余音中捕捉信息、揣摩对方的心理的本领。

“抱歉，我跳槽太多了，一时想不起来。不过，隐约有印象，你那时候挺开朗的。”她说。

“我们绝对是同事，我从来都是记忆一流的。”男子很肯定。“你现在哪里工作啊?”鹿小溪问。王子豪岔开话题，说：“我请你吃饭吧，边吃边聊，你不会拒绝我的一片好心吧?”鹿小溪想了想，说：“好吧，不过你得答应我个条件，时间有限，咱们就在路边吃吧。”王子豪点点头，显然他很激动。

来到一个大排档，这里熙熙攘攘，卫生条件还不错，鹿小溪经常跟同事来这里吃中饭。

王子豪先是让鹿小溪点菜，鹿小溪点了一个自己爱吃的鸭肝，说："剩下的客随主便。"王子豪就又点了几个，并要了两大杯干啤。鹿小溪推辞说："我不会喝酒，喝白开水的话，你可不是对手。"王子豪也不勉强，说道："都是我的了，喝足了，吃饱了，就没有啥遗憾了。"然后就从兜里掏出来两百块钱，推到鹿小溪跟前，"当初借你的，这么长时间了，你别生气。"鹿小溪呵呵一笑："同事一场，连两百块钱的情分都没有吗？"一句话让王子豪不好意思了。鹿小溪说："等我哪天缺钱了，去找你要不就得了嘛，到时候连利息一起收。"王子豪被鹿小溪的豪放感染了，笑容多了起来。

"你现在忙啥呢？还在原单位？"鹿小溪边吃边问。王子豪叹了口气，狠狠地灌了一大口啤酒，然后就倾诉。原来，王子豪在医院工作时候，因为一次医疗事故被开除了。"可是，他们根本不听我的解释，我是有责任，但是也不至于让我一个人全担，就因为其他人有关系。开除我也认了，我现在想开个诊所，没人给我发执照。你说这不是让我没有活路吗？"

鹿小溪听了，表现得很轻松地说："这样啊，看来你还真不顺，不过你那么阳光，什么事情能难得住你？"没想到王子豪有些凶恶地说："他们让我没有活路，我也不能让他们舒服，不报复一下，他们不知道我的厉害，大不了大家一块玩完！"说着扬了扬手中的一个小瓶瓶。

这把鹿小溪吓了一跳，随后她镇定下来，说道："要按你的标准我早死好几次了。"看着王子豪疑惑的目光，她给他讲述了自己的遭遇。6 年前，她在一家器械公司负责销售，在跟另一家公司签订了供销合同后，她很快发了货，对方却没有及时把钱打过来。她去催，对方却列举出来货物的一大堆缺点，说按照合同是不会付款的，还假惺惺地表示不索赔就算大面子了。她震惊了，但是也很无奈，谁让自己审核不严呢。最重要的是自己碰到了一家无赖企业，按照她跟自己公司签订的协议，这 80 万的损失是要自己赔偿的。就这样，她不仅工作了一年没有拿到一分钱的工资，还要倒赔。她欲哭无泪，很多朋友劝她报复一下那家不良公司，把公司的领导的儿子给绑了教训他一顿，但被她拒绝了。

"为什么啊？"王子豪十分不解。鹿小溪淡淡地一笑，"我朋友很多，要干这件事情非常容易。但是结果呢？只能增加彼此的仇恨，再说滥杀无辜我做不来。还有一条就是自己确实也有过错啊，难道不该为自己的粗心付出代价吗?”

“所以你就忍了?”王子豪愤愤不平地问。鹿小溪说:“我之所以频繁地换公司,就是要找一家效益好,能给我丰厚报酬的单位,因为我欠了很多钱,自己也倾家荡产了。靠着自己的勤勉,我在现在这家公司站稳了脚,当初的那家坑人公司随着市场的竞争,早已经销声匿迹,没有公德和信誉迟早要为自己的行为买单。人也是一样,只要努力了,总会被人尊重和理解,动不动就死,去杀人,是懦弱的表现。虽然我对你印象不深刻,但是你给我的感觉很好,走极端绝不是你的性格。”

王子豪好像有些烦躁,但也明显在思考着什么。等喝净了两大杯啤酒,他说:“谢谢你给我个共同吃饭的机会。”鹿小溪说:“这有什么啊,有人请吃饭多刺激啊,你结账吧。”等王子豪结完账,鹿小溪提醒说:“别忘把你的钱收好。”王子豪怔怔地看了她一下,把桌上的两百块钱和自己的小瓶瓶装进了包里。

王子豪回到家里,把包往桌子上一放,怀着复杂的心情拿出来那个小玻璃瓶,从里面带出来一张小纸条,还有一叠钱。他打开纸条,只见上面写着:大哥,相信你很快从阴影里走出来,这个社会有冷漠,但更多的是温情,多为家人考虑吧。这八百块钱帮不了你什么忙,算是朋友的一点心意。署名:小溪。

看着这个名字,他怔了好久,感觉不可思议。老婆回来了,他说:“我要去找份工作。”老婆很欣喜,这么些天来,她一直苦口婆心地劝他不要死钻牛角,说车到山前必有路,何必一条路走到黑,但他根本不听,很消极的样子。于是她赶紧说:“好啊,让姐夫帮咱想想办法。”

其实只有王子豪心里清楚,早晨他躺在床上下决心不活了,昨天他在网上聊天时,把自己的遭遇说了出来,很多网友劝他不要胡来,要冷静,告诉他说理的地方多着呢,但也有个别煽风点火的。早上起床后,他犹豫不决。后来他跟自己打了个赌,要是今天有陌生人敢跟自己好好聊聊,说明还有人看得起自己。刚转到街上,看见一辆摩托车正违章拐弯,而后面一辆卡车冲了过来。他本能地大声喊道:小心!卡车司机来了个急刹车,骑摩托车的人白了他一眼,疾驰而去。正好就有个漂亮的女子回头答应了一声。他心里一动,就按照自己设想的计划,假装跟她是以前的同事。没想到这个陌生的漂亮女人还真敢跟自己吃饭，并帮助他。

忽然，他大呼一声，原来刚回家的儿子泡方便面时，把那个小瓶子里东西倒进了方便面里，瓶子在桌子上歪放着。那可是他前两天买的鼠药，儿子已经吃了好几口。他边喊着："孩子中毒了！"边抱起儿子就往外跑。

到了医院，说明情况，他恨不得就要给医生下跪了。医生查看孩子，还没有显现出中毒的迹象。好在老婆把那个小瓶子拿了来，医生一看，又闻了闻，乐了。这不是味精吗！王子豪也惊呆了，他记得很清楚，自己就用它装的鼠药。怎么现在变成味精了呢？就让医生再看看。医生正色道："人命关天，我敢胡来吗！"说着把几粒味精放进嘴里，他仔细一看，确实不是鼠药了。他突然明白了，一定是在他结账时，鹿小溪给调了包。搂着活蹦乱跳的儿子，他眼睛湿润了。

在家里，他好几次对老婆说："还是命值钱啊。"老婆看着他，感觉他今天的絮叨是这段时间以来最正常的一次。

而这天晚上，鹿小溪把今天的事情告诉了老公。老公问："你怎么还有这么个同事啊？一定是心理有毛病。"鹿小溪说："也不能说他有心理毛病，人在某种特定时刻容易走极端而已，想当初，你追我的时候，不也是死去活来，当时不会是吓唬我的吧？"老公呵呵一笑说："当然是真的，当时我都快崩溃了。"鹿小溪说："行了，别表白了，实话跟你说吧，其实我根本不认识他，我开始就怀疑，等后来他说自己是医生时，更证实了我的判断。"老公很诧异地看着她："你胆子可够大的，竟然敢跟这么个陌生男人一起吃饭！"鹿小溪说："还幸亏是我，否则说不准他要干什么出格的事情。再说好心劝劝别人，给别人个笑脸又有什么呢。"

两个人的赛事

一

对颐景皇园的楼盘谁要是既看又问，还想买，那就不是一般人了。为啥，在这个城市里，属这里位置最好。开发商王三胖呼风唤雨，总能拿到最好的地，楼价也高得令人咂舌，都超过八千块钱一平方了。

刘允乐想买套房子了，他可是响当当的人物，在离颐景黄园不远的地方开了一家私人医院。由于出生在中医世家，从小耳濡目染，后来又到医学院进修西医，这家中西医结合医院给他带来了滚滚财源。连周围的大医院都没有他的病号多。医院院子里栽了三棵梧桐树，没有几年的时间就已经长得几个人都抱不过来了，而院子外面同时栽下的几棵还没有碗口粗呢，为啥？因为来看病的小孩太多，往这里面撒尿，肥料充足呗。

刘允乐也不是一开始就想买颐景皇园的房子，事情还得从年前的一次饭局说起。那次王三胖做东，宴请市里的头面人物，把刘允乐也拉上了。席间，刘允乐说起了房子涨价的事情，王三胖就打断了他的话说道：“房子涨价是势不可挡的，所以是你买不起。”要在平时，刘允乐也不会拿这话当个事，可这次是当着这么多人的面，加上王三胖那轻蔑的语气，就让刘允乐脸上挂不住了，说道：“不就是个房子吗，我有什么买不起的。”没想到王三胖不依不饶：“如果不借钱，不贷款的话你还真买不起，别看你每日挣钱不少，但跟不上我的楼盘涨价速度快，知道吗？这是趋势，趋势，你懂吗？”兴许是在酒场上凑个热闹，经他这么一说，大家也都起哄，说你两个都是当地的名人，比个高低，论论英雄，让大家开开眼界。经不住激将，于是两人就当场打下了赌，看是刘允乐挣钱的速度快还是房子涨价的速度快。时间就以半年为期限。

过后，一个朋友不无忧虑地对王三胖说："你这赌打得有点仓促，以刘允乐的实力，拿出百多万买套房子轻而易举啊。"王三胖嘿嘿笑着说："那是以前，现在不行了。你不知道吧，他有个不争气的儿子，偏偏对医学不感兴趣，根本不想继承他的事业。中专毕业后，非要吵着去做生意，也怪刘允乐一时糊涂，拿出钱让他跟一个熟人去做钢材生意，没想到最后竟然血本无归。把家底都给揭干净了。他这人一贯十分好强，也不可能为了买房子去借钱或者贷款。那就只有一条路，多挣钱，挽回面子。"随后王三胖说了一句让朋友摸不着头脑的话："要真是这样，他就离死不远了。"

其实，王三胖之所以敢打这个赌，是因为他不光知道刘允乐家的情况，更重要的是他对自己的楼盘很有信心，他都研究透了，现在全国的房价都在涨，而且越涨老百姓越买，而越买就带动房价越高。尤其是颐景皇园这个地方，有关部门曾暗示在这里将有最好的配套设施，政府几个权威部门也会搬迁到这里。前两个楼盘，几乎是一天一个价，他见惯了先买的人高兴得手舞足蹈，后买的人后悔得捶胸顿足的场面。

二

刘允乐吸引病号的关键就是两个字：高和慈。他手艺高，掌握着几个祖传秘方，能治不少疑难杂症。他还会推拿、按摩和针灸，可谓药到病除，手到擒来。他看病还秉承老父亲流传下来的医者仁心之风：不该收的钱坚决不收，能三块钱治好的病，绝不让病人花三块一。有时大人误以为小孩哭闹得厉害就是生病了，可是把孩子抱来让他一瞧，他就把手一挥："没毛病，回去吧。"就冲这，他的名声传遍了四里八乡。

绝不能让王三胖看自己的热闹。可是要在半年之内攒够一套房子的钱，就得从病号身上想办法了。刘允乐首先把挂号费从两块涨到了十块。老婆惊呼："你疯了吗?"他却淡淡地说："没什么大惊小怪的。"运行了半个月，还真没有谁提出异议。别看这多出来的八块钱，一天二三百个病号，一下子能多挣两千多块啊。原先病号把自行车、摩托车放进院子里都是免费的，现在要加收一块钱，又是一笔收入。他还让老婆批发了些玩具和小吃之类东西来出售。

病人输完液之后，他会给推拿一下，缓轻症状。而以前推拿是免费，现在不行了，要另外付钱。也就是说现在只要跨进他的院子里，每走一步都离不开钱。这些都还是次要的，最关键的是他要动动药价了，他的药都是从厂家直接进来的，价格低廉，还有些药水是他自己配制的，成本非常小，提高十几、二十几个百分点，根本没人计较。行医几十年，还没有碰到过一个跟他讨价还价的病人呢。

他眼紧盯着颐景皇园，非常气恼，好不容易把钱凑够，刚想去买，马上又不够了。他心里想：我狠，房价更狠，这王三胖可真赚狂了。这样几经波折后，终于攒足了一套房钱。然后领着一家人在颐景皇园买下了一套房子。这下，王三胖没话说了，暗地里羡慕起他来了，坐着动动手就是大把大把的钞票，不像自己，整天东奔西跑不说，还要低三下四地求这个求那个，看人家的脸色行事。

王三胖约了上次几个官员，把刘允乐请到豪华酒店，一个劲地赔不是。刘允乐以胜利者的气势，还拿话刺激了王三胖几次，赚足了面子。王三胖一口一个哥，说道："这房子你算是买着了，别看才两天，已经增值五六万了。"刘允乐非常高兴，尽管领教过涨价的厉害，但还是没想到这么神奇，搁在那里不动，就能挣大钱。王三胖说："不过，要是想住得舒服的话，还是我正在开发的几个楼盘，户型更好，而且观景台也更大，上能养老，下能养小，是专门为你们这些成功人士推出的。当着大家的面，我出血一次，你要是能一次性付款，可以给你九折优惠。"这句话让刘允乐非常感兴趣，当场表示去看看。在他面前，王三胖不再提打赌，他只有恭维的份了。

的确，经过实地查看后，新开发的楼盘无论是位置还是设计都更好，是复式的，不下两百平方米。刘允乐马上就有了一个大胆的设想，卖掉先前那一套，再买这一套。不卖不知道，这套房子一出手就赚了十多万。儿子和准儿媳都劝他：干脆就多买几套等着升值吧，没听说过南方的炒房客都发了吗？

与此同时，晚报竟然登出了他在颐景皇园买房子的事情，题目是《我市医学名人在颐景皇园买房置业》，并配有他的照片，后面还有专家的评论，把颐景皇园夸得神乎其神。刘允乐非常生气，这不是拿我做广告吗？于是给王三胖打电话，质问他为何不经自己允许就把他等在报纸上。王三胖先是道歉，随后说等买房的时候可以再优惠些。每隔一段时间，王三胖就高薪聘请几个所谓的专家来发表所谓房价要上涨的理论，让不少人趋之若鹜。房价也在这些人的带动下，很快突破了一万块一平方米。

三

刘允乐近来非常焦虑，来这里看病的人越来越少了，原先长长的队伍都能排到大门外，现在好长时间都没有这种情况出现了，他知道病人终于用脚来对他进行评价了。老婆忧虑地问他该怎么办，他想了想说："等到把买新房子的钱凑够，一定把药品回复到原价。放心吧，以我的医术，还怕没有病号？"话虽这么说，病人仍然呈下降趋势，只能用门可罗雀来形容了。看着房价整日在涨，他心急如焚，于是采取了新的行动。

他分别宴请大医院里的几个科室主任，先是跟检验科合作，把来他这里看病的人介绍到大医院去做各种检查，自己拿些提成。然后其他几个科室，让他们把一些病人介绍给刘允乐，这样可以做到互利共赢。当然这些都是暗箱操作的。其实刘允乐知道这是在慢性自杀，但又有什么办法呢，他打算孤注一掷了，儿子把房子卖了买，买了卖的，也赚了些钱，不过，每买一次，都被王三胖买通的媒体及时跟进报道。很多人骂刘允乐，为了房子连人性都没了。

攒了几个月，终于够买一套复式新房子了。等拿到了钥匙拿到手，他才幡然悔悟，真不该打这个赌，真不该把赌注，把所有的钱财和精力都投在这房子上面。耗尽了几十年积攒下的行医资源。

对他目前出现的情况，有一个人一直在乐。他就是王三胖。原来，王三胖早就看中了刘允乐这个院子，面积很大，能盖好几栋楼房呢；而且位置极佳，新规划的城市广场就在这附近，盖好后，肯定能卖个奇价。以前他让人来试探过，但刘允乐都一口拒绝了，无论给多少钱都不卖。后来有关部门也想强拆，但碍于他的名声，没敢下手。现在没有病人了，看他的医院还有啥存在的必要，于是让中间人来劝说。刘允乐先是恼怒，"老子还没到关门的时候呢，卖什么卖。"但这个说客是个老手，劝道："你这房子闲着也是闲着，当然等以后再卖，或许能更高的价钱，但您别忘了，到时候，物价也早上涨了。再说如果您这个地方被开发商绕开了，地皮贬值的可能性也是存在的。"

看看可怜的几个病人，刘允乐连死的心都有了，被这么一说，只感到后背冰凉，这才隐约感到上了王三胖的当了。他心里又想，即使卖也不能卖给王三胖这个王八蛋，来找他的人多的是。最后，他把院子卖给了另一家开发商。但是，让他没有想到是，这都是王三胖在背后一手操作的。

不过，王三胖也没有笑到最后，由于整日吃喝在外，喝酒吸烟无度，他得了一种怪病，人也很快消瘦下来，去了几家大医院都没有查出病根来。他打听到刘允乐以前治愈过这种病，于是硬着头皮来找刘允乐。医院里冷冷清清，刘允乐正收拾东西。王三胖说明来意，刘允乐冷笑道："你的病我可瞧不了。到北京去治吧。"王三胖让秘书把一个大密码箱放在桌子上，里面装满了钱。他说："刘大哥，先给你这一半，另一半，等我病好了，再给你。"没想到刘允乐连看都不看，王三胖可急了，大声嚷道："大哥，您别跟钱有仇啊！"想了想，又说："这样吧，我把另一半让人马上送过来，等我病好了，颐景皇园的房子随便你挑一套。"刘允乐这才搭手给他把脉，说道："你是我这医院里的最后一个病人了，我想给自己的行医生涯画上一个圆满的句号。"王三胖这才转忧为喜，知道自己有救了。

治疗了整整四个月，王三胖感觉好多了，不禁暗自佩服刘允乐的医术，他没有食言，让刘允乐挑了一套房子。可是等到办理完各种手续后，王三胖的病情又恶化了，他忍着剧痛，气急败坏地再次来找刘允乐。刘允乐很淡然地说："你能活这四个月本身就是奇迹，你知道自己得的啥病不？在国际上都是个医学难题。""那你为什么不早告诉我！"王三胖质问道，声音里夹带着恐惧。刘允乐回答道："我得让你吐出吃下的骨头啊。"

躺在病床上，王三胖知道自己来日无多，原先的朋友也都不上门了，忍受着寂寞和冷清，他难受极了。此时想起刘允乐，他马上就是一肚子气。不过让他唯一有点宽慰的是，颐景皇园的好多楼盘，别看外面贴着明光锃亮的陶瓷锦砖。其实里面都是副市长的儿子提供的建筑材料，合格的不大多，盖得楼质量可想而知，其中就包括刘允乐家的房子。"百年大计个鬼，还痴心妄想地用房子来养老呢，等着吧！"他愤愤地想。一口血喷了出来，死了。血的颜色怪怪的。

瓜熟蒂落

于菲菲从小就是一个非常倔强的女孩子，干什么都不服输，要不是六岁那年她去山上砍柴摔断了胳膊，她一定比同龄孩子更出色。那时候家里花光了所有的钱为她治病，但还是落下了残疾，拿什么东西都不灵活，不是把东西摔坏，就是把自己拉倒，这让她很苦恼。

十九岁那年，家里东拼西凑为她开了个卖服装的小店，好让她挣几个钱自食其力。但是村里的人太穷，没有多少人来买她的新衣服，小店一直是惨淡经营。村里同龄的女孩大多都订婚了，也有给菲菲介绍的，但是她不想减价处理自己，都被她给挡回去了。于是这样高不成低不就的，就把这事耽误下了，父母很着急，但是也没有办法。

后来，菲菲看见自己的伙伴都去外地打工，就动了心思，尤其是跟她很要好的小红和小梅每次回来都穿得很洋气，还给家人买好多东西，她就很想去外面的世界看看。但是父母坚决不同意，他们说她连自己都照顾不了，还去给谁打工，有谁会用她。菲菲就把小红和小梅叫来当说客，她们说凭菲菲美丽的相貌和她的聪明劲儿绝对很好找工作，并且保证一定会把菲菲照顾好，父母这才松了口，答应年后放她出去。

初次出来的菲菲觉得外面精彩极了，她就像刚出笼的小鸟，感到幸福无比。但是很快她就尝到了找工作的艰辛，小红和小梅也显然把困难考虑得太轻了。没有人愿意用菲菲，即使她把工钱给自己定得很低。四处碰壁之后，小红和小梅就劝菲菲还是趁早回家吧，否则照这样下去，连出门时候带来的钱也要花光了。菲菲把眼一瞪，然后扭过头去不理她们。没有办法，小红和小梅就去求自己的酒店老板，要求给菲菲个机会。在这之前，老板已经见过菲菲了，当时就拒绝了。现在，小红和小梅说要是不用菲菲的话，她们也不干了。因为她们都在这里干了很久的服务员，很出色。老板也舍不得她们走，只好勉强同意了，但是只能干些杂活，而且有个条件，要是菲菲打坏了店里的东西要照价赔偿。

菲菲很珍惜这份工作，有什么活她总是抢着干，她一直是在厨房里择菜打扫垃圾，这是收入最低的活。后来她要求老板让她刷盘子，起初老板坚决不同意，说："你还不把我店里的盘子全摔碎啊。"菲菲说："我在家里就一直是刷锅碗瓢盆的，我能干得了。"小梅也来帮着说话，老板就答应让她试试，条件还是那样，摔坏了要赔偿。盘子倒是没有摔坏，但是她干得太慢了，根本玩不成任务，有人就告到老板那里。老板把她叫去，让她还是回去择菜，菲菲的倔强劲上来了，要求再给她一次机会。

这时，有人来报告老板，说送西瓜的来了，老板让人去卸货。因为是早上市的西瓜，所以价格很贵，几个人都小心翼翼的。菲菲也悄悄地来搬瓜，她想借此机会证明一下自己，但是她在搬起第一个瓜时就没有拿稳，西瓜掉在地上摔得稀烂。在一旁的采购主任想发作，但还是忍住了，在大家的注视下，菲菲先是一阵尴尬，然后她又去搬第二个瓜，但刚搬起来没走几步，瓜又掉下来摔碎了。这次主任再也忍不住了，大声呵斥起来，让她离得远远的。菲菲急得眼泪都流出来了，既感到难过，也恨自己。这时，卖瓜的人说："你何必这么训她呢，这两个瓜值六十块钱，就算我的了。"菲菲这才看见卖瓜的原来是个皮肤黝黑的小伙子，旁边还有一个妇女，想必是他的妻子了。得到此承诺，主任也就没有再说什么。

菲菲没有再搬瓜，她迅速地跑回酒店，掏遍了挂在更衣间里的衣服口袋，但是里面只有二十元钱。她出来时，卖瓜的老板已经走了，她就在人们的指引下追出了一段，终于在一个岔路口看见他和那个妇女刚把车停下，准备在这里摆摊卖瓜。她很感激地说："大哥，谢谢你，我先把这二十块钱给你，剩下的等我有了钱一定还给你。"小伙子说："算了吧，你又不是故意的，我是看不下你们主任对你那样才帮助你的。"说着就把钱递了过来。菲菲却扭头跑了，边跑边说："等你下次来送瓜，我就有钱还你了。"

可是菲菲接下来就没有多少机会了，勉强干了一个月，由于她因追求速度，接连摔了几次盘子，这些盘子都是成套的，一旦摔坏几个，配起来很麻烦的。老板说："我也不要你赔偿了，我给你五十块钱做路费，你赶紧回家吧，我这里真的不适合你。"同时老板也做通了小红和小梅的工作。她们反过来又做菲菲的工作。她们也表示很无奈，劝她还是回家吧。菲菲哭了起来，小红和小梅也哭了，她们说："菲菲，回家想想办法干点别的吧，在外面也不好混。"想想这些日子，自己给两个伙伴带来的麻烦，菲菲也很内疚，看来只好回家了。

第二天一大早，本来说好小红和小梅要去到火车站送菲菲的，但是因为当天酒店有结婚办喜宴的，很忙。她们只把菲菲送上了公共汽车。可是当菲菲来到火车站准备买票时，才发现自己兜里的钱被人偷了。她又气又急，不知道该如何是好。她想到当初来的时候坐火车也没有坐多久，于是就把心一横，决定走着回家。她想顺着火车道走就一定能够找到家。

可是真走起来，却是那么漫长，大半天过去了，她累得连脚都快抬不起来了，她也不知道离家还有多远，能不能在天黑之前到家。现在是又渴又饿，眼看太阳落山了，她最最需要的是能够喝口水然后躺在地上能舒舒服服地睡一会儿。这时，她看见路边有片瓜地，地头上有个窝棚，里面好像没人。于是就试探着走上前去，故意弄出来些动静，果真没有人。她就钻了进去，看见地上有一个吃剩下的瓜，还有一个馒头。她什么也顾不得了，抓起来就吃，然后就一下倒在被子上。她本想歇一会继续赶路的，但是极度的疲劳使她很快就睡着了。

也不知道过了多久，她被外面一阵窸窸窣窣的声音惊醒了，这时候天已经黑了下来，她本想起来看看，但心里很害怕。这时她记起，刚才进来时看见窝棚的门口有一些鞭炮。她们家以前也种过瓜，为了防止小偷偷瓜，也为了给自己壮胆，父亲就买了些鞭炮放在窝棚里，半夜三更出来放上一个，别人还以为是土枪呢，看来这家的主人也有此妙招。菲菲就起来，在地上摸索了好久，才找到鞭炮和火柴，她费了好大劲在门口点燃了一个鞭炮。"嘭"的一声，震耳欲聋。过了一会，她听见好像有人跑的声音，然后就寂静下来。菲菲怕极了，毕竟这是个陌生的地方，躺在地上，迷迷糊糊地想了一会儿，竟又沉沉地睡了过去。

等她再醒来时，已经是第二天清晨了。太阳刚刚升起来，斜照在窝棚里面。她伸了个懒腰，感到很饿。她想赶紧上路，她现在非常想家。可是当她

出来窝棚时候，在门口看见一个人，正斜躺在地上，用衣服盖着半个身子，睡得正香呢。这时，那人也被惊醒了

“你是?”菲菲感到有些害怕地问。那个人笑了笑：“我还要问你呢。昨晚上我回来，看见你在我的窝棚里睡觉，把我吓了一跳，叫你几声也没动静，后来我就在外面睡了。”菲菲这才看清站在面前的是个小伙子。

“原来是你啊，大哥。”菲菲大声叫了起来，小伙子一惊，“你不认识我了?给我们酒店送瓜的，我还欠你四十块钱呢。”小伙子这才认出她来，因为那天送瓜时，她穿的是酒店的白褂。“我叫张强，你，你怎么在这儿啊。”菲菲就把自己丢钱然后步行回家的事情讲了。“没想到竟然跑到你的瓜地来了。真给你添麻烦了。昨晚上你来的时候，我还以为是贼呢，放鞭炮时没吓着你吧?”

“没有给我添麻烦，我得谢谢你呢。”张强说。

“谢我?”菲菲有些疑惑。“是啊，你跟我来。”说着他领着菲菲来到瓜地的另一头，看见有辆摩托三轮车停在那里，上面装着小半车瓜。“这是怎么回事?”菲菲问。张强说：“偷瓜贼的，你昨晚一放鞭炮，吓的不是我，倒是把他们吓跑了。这肯定是他们预先侦查好，因为我白天去了市里送瓜。而我每次回来时都要半夜，所以他们就在刚天黑时动手了，没想到碰到了你。所以我得感谢你啊，要不我损失可就大了，现在还赚了辆车呢。走，到我家吃饭去。”

菲菲就跟着张强回到了不远处的村子里，张强家也不富裕，几间破旧的房子。家里有个老太太。张强介绍说是他的老母亲。菲菲赶紧叫大妈。老太太看见儿子领来了个俊俏的大姑娘，先是吃惊，然后就是笑得合不拢嘴，左端详了右端详，看得菲菲都有些不好意思了，菲菲却是一直在寻找什么。张强问：“你找什么呢?”菲菲问道：“你家嫂子呢?”

张强愣了，不好意思地说：“我还没有对象呢。”在一旁的老母亲叹了口气说：“以前都是穷给闹的，现在咱日子好过了，卖了这些瓜，就有钱了。”

菲菲不依不饶，“你没有说谎吧，那天你们还在一起卖瓜呢。”张强笑了一下说：“那个不是，她是在医院里照顾她儿子的，由于手头紧，我就答应，她替我照看瓜摊，我给她些钱，算是帮她一下，她太可怜了，儿子得的是白血病。”菲菲听了很感动。

说话间，张强的母亲已经为二人做好了饭，菲菲的碗里有两个荷包蛋。张强说："赶紧吃吧，吃完了，我用摩托车送你回家，这里离你家还有五十里路呢。"

吃完饭，张强推出摩托车，菲菲坐上去。在半路上，她让他停下车，她从兜里掏出来五十块钱，递给张强说："这是我欠你的钱。"张强惊呆了。"你的钱不是被偷了吗？"菲菲说："是啊，那些被偷了，这些是放在内衣里面的，一直准备着还给你的，我要是把这些钱花了，就没法给你了，因为我不知道什么时候才能再攒够，我们那里也很穷的。"

张强吃惊地说："就为了这，你竟然步行了那么远，你傻不傻啊。"

菲菲白了他一眼，"你才傻呢，给我垫钱不说，还要送人家回家。"张强有种异样的感觉，他感觉像她这样重承诺的女孩子真是难得。菲菲重新上了摩托车，并且在后面搂住了他的腰。他知道菲菲的胳膊不方便，于是他把车开得很慢很稳。

再后来，他们就订了婚，菲菲感到找个这样的对象很踏实可靠。

买房时代的艰苦生活

小王和老婆小薇都结婚都快两年了，可是连房子的影子还没有看到。当初小王对小薇说："咱们还是先结婚再说，至于房子嘛，可以慢慢来，不过我发誓两年之内保证让你住上一百平方米左右的大房子。否则要是这么等下去，耽误的不光是咱们的青春，还有下一代。"小薇就白他一眼说道："切，还下一代呢，美得你，没有房子你甭考虑这个问题，我可不想让孩子一出生就住出租屋。"不过在小王的软磨硬泡下，婚还是结成了。可是小薇痛苦地发现，婚后的小王对房子的热情正在一天天地降低，她为此而痛悔不已。看着老公整日除了上班就是上网看电视，她感觉如果再不采取行动就完了。于是她就气呼呼地回娘家了，并且好多天都没有回来，小王吓坏了，赶紧打电话，可是小薇根本不接，小王就亲自跑了一趟，小薇还是不见。丈母娘看小王实在可怜，就做通女儿的工作，然后让他们见了一面。虽然经过艰苦的谈判，但没有达成一致意见。小薇只好把小王赶回了家，让他晚上看自己邮箱。到了晚上，小王忐忑不安地打开邮箱，看到的竟然是一份买房分析和保证书。内容如下：

我都嫁给你这么久了，还没有住上属于咱自己的房子。这个问题很严重，一定要引起重视，俗话说鸡有鸡窝、狗有狗窝，我们真是太落后了，竟然没有栖息之地。真是连一般动物都比不上。因此我认为，在不久的将来（时间暂定为两年内），我们一定要有一套属于自己的房子（面积不得低于95平方米）。

我们都是普通老百姓，收入不高，所以要想实现目标，首要的办法就是挣钱，你除了正常上班外，每周要写一篇稿子，小说、散文或者通俗文学，体裁不限，能发表挣来稿费才是硬道理。除此之外，你必须保持高昂的买房斗志，要一天两次在我面前说出买房子的至少十条重要性来。只有这样，你才能有动力，有充足的干劲。

当然，在开源途径少的情况下，节流就显得异常重要了，也就是千方百计地省钱！通过思考，我认为可以节俭的地方很多，而浪费的现象在你身上特别严重，在此列举补救措施，希望你能一一照办：

一、现在开始，你尽量不要添置新衣服，实在要添，除了深色的，其他颜色的一律不要考虑。

因为深色衣服耐脏，一般来说，穿一两个月不洗，也看不出来，这样可以节省水费和洗衣粉。根据初步估算，如果你只穿深色衣服，平均一个月能节约五元钱。照此推算，10 个月就是 50 元，100 个月就是 500 元，1000 个月就是 5000 元，1 万个月就是 5 万元，10 万个月就是 50 万元。真是不算不知道，一算吓一跳！如果咱们能活 10 万个月，你穿深色衣服节省出来的水费和洗衣粉费用，就可以买一套房子了。当然西装是不能穿的，因为干洗一次就是好几十块，太不划算。

二、从现在开始，你必须戒烟。

这个理由太正当不过了，因为你抽烟的开销有时候超过了饭钱！其实我早就想叫你戒烟了，只不过从前每当提到这事，你就说想让你戒烟，除非让你死。都怪我心太软，让你这个恶习保持到了现在。但是从现在开始，你除了戒烟，别无选择。我会在你的烟盒上先画上骷髅或者几具尸体，把你吓坏，恶心坏。当然在戒烟和死之间，你也可以选择后者。不过考虑到你还年轻，我劝你还是不要选择后者，主动一点还能给我留个好印象。否则伤了和气，烟还得戒。

三、从今天开始，你必须戒酒。

虽然你的酒瘾不大，也不常喝，但偶尔还是要喝一点的，虽然一次只喝一点，长此以往，也是一笔不小的开支。另外，喝啤酒也不行，今年夏天你提出来要多喝啤酒，我问你原因，你竟然恬不知耻地说是啤酒瓶涨价了，只有多喝啤酒，才能多卖啤酒瓶，这都怪我平时对你太放纵。

也许你说工作辛苦，喝酒可以解乏，但我认为解乏的方式很多，下班后我给你按摩按摩，同样可以解乏，要不咱们干脆打一架。事实证明，打架比什么都解乏。而且打架还具有节能减排的神奇功效，因为打架，我们就有理由不做饭，不吃饭了，只会闷头睡觉，连电视也懒得看了。

四、从今天开始，你必须合理使用手机。

你每月的手机费，也是一笔不小的开支。可是据我观察，你拨打和接听的那些电话，百分之九十都是废话。从现在开始，你只能上班时候开机，一下班就关掉。原因很简单：上班时开机，才好用单位的电话回电话。因此你必须牢记这一点：如果手机响了，千万不要接听，用单位的电话回过去，把手机当传呼机使用，还要注意，尽量在单位给手机进行充电。家里的手电筒、笔记本电脑什么的也要在单位充电，并且要发扬骆驼精神，尽量在单位补充好水分，其意义不言自明。当然要做得保密一些，自然一些，不能传出去，否则会很没有面子。不是我们小气，也不是我们喜欢算计，这不都是让房子给闹的吗！谁不愿意大方一点，潇洒一点呢？可是为了房子，能省下哪怕几毛钱，也能为咱的房子增加一块砖，增添一片瓦啊。

五、到年底，就把数字电视信号停了。

这样一个月可以省下至少25元的收视费，还有几十块电费。另外，你也知道我爱动感情，每当看那些情感影视剧，我都会被剧情感动得一把鼻涕一把泪，哪次不用掉半包纸巾。你若实在想看那些很累很无聊的足球节目，可以到朋友家去凑合一下。

六、从明天开始，我们要好好做饭，不能再应付了。现在的医院就是吸钱器，因此我们要把健康放在至高无上的位置。否则，省来省去，生一次病就会让辛辛苦苦节省下的那点钱统统化为乌有。我们单位的刘姐两口子为买房子而省吃俭用，上个月，她因为营养不良昏倒住院，短短一个星期竟然花了3000多块钱，这比他们一年节省下的还多，刘姐连撞墙的心都有了，血的教训啊！中午你也不要在单位吃方便面了，尽管你嘴上说每天都吃方便面，其实我知道你几乎每天都跟同事去饭馆里吃。现在你不用再偷偷摸摸地去了，前提是要参照第三条，千万不能喝酒，而且要记住，点馄饨的时候就不要点菜了，否则很浪费。晚上回到家里我会给你准备好两菜一汤。

最后，小薇写道："如果同意以上我开出的条件，明天你到单位打印出来，一式两份，并签名盖章，正式生效。然后骑自行车来接我回去，记住一定不要骑电动车。下午的时候再陪我到医院去做产检，（对了，这事还没有来得及告诉你，不过你也不要高兴得太早，我是为了让你有压力才决定要下一代的）。别忘了，你提前托托你的朋友，看挂号费能不能给免了。”

看完后，要是同意以上内容，马上给我打个电话，以免我失眠。

小王掏出手机，想了想，打电话一分钟两毛钱，发短信才一毛。于是就改为了发短信，内容很简单：我坚决同意。

放下手机，小王感到很悲哀，想当年，老婆是那样青春有活力，那样大方可爱，可是从什么时候开始这么斤斤计较，像个小老太太了？他灵感一动，于是他很快就写了篇小说，题目是《房价让美女变成了魔鬼》。一星期后，稿子发了，轰动不小。

花钱买存折

交通局张局长这两天有点闷闷不乐。为啥？从知情人那里得到消息，市里要对局领导班子进行调整，因年龄原因，他可能要提前退下来。刚一知道这消息，他差一点晕过去。他是一百个不乐意离开这个岗位，那可是个大肥差。可是自己也做不了主啊！俗话说有权不用过期作废，现在最要紧的是看看还有什么事情没有为自己办妥。张局长苦思冥想：对了，自家的房子该换一换了。虽然他现在住的也是一座独立的小别墅，可毕竟是十五年前盖的，不光面积小，结构也不甚合理，趁现在有权，得弄套新的。

说干就干。张局长召开局领导会议进行讨论，说是讨论，其实完全是他一个人说了算，他是局里绝对的一把手，再说，他很高明，不光给自己盖，还给局里几个劳模和主要领导每人一套，这样大家就不好提什么意见了，当然只有他和其他几个局领导的规格最高，面积最大。有目共睹，这些年在他的带领下，局里效益最好，上级领导也多次提出表扬，他光获奖证书就足有一米高。

工程以前所未有的速度开进。新房刚一落成搬进去，上级也宣布张局长退休了。张局长心里暗自得意，幸亏自己有先见之明行动迅速，否则这套价值近百万的房子就住不上了。

正在他高兴时，从旧房拆除工地传来消息说有民工在旧房里发现几张存有巨款的存折。起初没人在意，直到那天张局长的老伴慌慌张张地告诉他，家里的存折少了，他才意识到问题的严重性。

张局长辗转找到包工头刘大均，想要回自己的存折，没想到刘大钧架子很大，说道："你怎么知道存折是你的，可不是你的名字啊！"张局长耐心解释说："那是我女儿的，我替她保管的。"刘大钧说："我不管是谁的，我捡的没有义务还给你。"张局长哪受过这份刁难啊，可也只得忍着，说："兄弟，我不会亏待你，你出个价。"刘大钧说："这还差不多，五万块钱把你的存折买回去吧。"看着不断点头的张局长，刘大钧继续说："另加五万块保密费，一分也不能少，今晚成交。"张局长说："这位小兄弟你也太黑了吧。"刘大钧笑了笑，说："黑？我黑吗？少废话，行就行，不行趁早走人！明天我要上交了。"张局长想了想，最后咬咬牙答应了。刘大钧说："好，痛快，晚上一手交钱一手交货。"随后两人定好了接头地点，又互相留下联系了电话。

一身轻松地回到家里，老伴却责怪道："女儿的钱你让她自己保管就是了，非得你拿着，也怪我，搬家时没有收拾利索。"

张局长一瞪眼说："你懂啥，女儿的钱有这么多吗？你就别问了。是我在搬家的时候忘了带出来，不怨你。"

匆匆吃过饭，张局长趁老伴不注意，悄悄溜了出来，趁夜黑风高与刘大钧见面。他先打的来到与刘大钧约好的地点，这时他的手机响了，"张局长，你往南走五百米再向右拐，在那座桥上等我。"张局长就深一脚浅一脚的，没一会儿就转得有些迷糊了，好不容易来到桥边，有个人影，走近一看，却发现面前站的不像是刘大钧。"你是谁？刘老板怎么没有来？"他不放心地问。"我是他弟弟，他死了。""你说什么？死了，怎么死的？"张局长惊得张大了嘴巴。来人叹了口气："是从车上摔死的。今天骑摩托车下班回家，可能太兴奋了，在一个路上有个大坑，平时他一直很小心的，可是今天没有及时刹车，又没有戴头盔，就……可能他太贪财了，就葬送了自己。"

张局长听着，竟有些幸灾乐祸，过了一会才问："那你来干什么？"刘大钧的弟弟说："我是来给你送存折啊，我哥哥临死前托付我一定要还给你，难道你不想要了吗？"张局长赶紧点点头说："要，当然要，请你把它们还给我吧。"刘大钧的弟弟就把存折递了过来，说："你数数看，一共六张，数额是七百万，如果没事我就走了。"说着转身就要走。张局长说："你等等，难道你哥哥没说要钱的事情吗？""要钱？要什么钱啊？我不懂。""小兄弟，我不能瞒你，我跟你哥哥是约好的，我要用十万块钱换回存折，我得信守承诺，钱我都带来了。"

没想到刘大钧的弟弟竟然笑了，笑得很凄惨，听起来让人毛骨悚然，“别逗了，我哥都死了，他还要钱干什么？”张局长说：“这钱你可以要啊，你对钱还有仇啊？总之，答应了的事情我得兑现。”刘大钧的弟弟又是一笑，说：“没看出来张局长是守信用的人，你这个朋友我是交定了，不过我要钱干什么？你难道没看出来，我也是死人。”张局长一下子从头顶凉到脚后跟，一阵冷风吹来，差点让他摔倒。

过了好大会儿，他才回过神来，想到今天一定是撞着鬼了，不行，得赶紧走，反正把存折拿到手了，于是扭头就跑，冷风在耳边呼呼地吹，像无数刀子扎在身上。没跑两步，就被一个东西给绊倒了，接着就听“哗啦”一声巨响，好像什么东西塌了下来，他本能地抓住一跟木梁，然后就什么也不知道了。

等他醒来的时候，发现自己还死死地抓着木梁，只不过人是吊着的，下面好像很深，还有流水的声音。他这才想起来，刚才塌的一定是桥。这时耳边响起来一个可怕的声音：“怎么样张局长，没想到，你也来加入我们的行列。”张局长扭头一看，身旁的另一根木梁上也挂着一个人，由于离得很近，他看见这个人竟然是刘大钧。“你，你到底是人还是鬼？”刘大钧哈哈一笑说：“这个并不重要，重要的是你知道塌的这个桥是什么桥吗？康美桥。”张局长禁不住倒吸了口凉气，这座桥他太熟悉了，去年市里投资建的，可是建成没三个月就被洪水冲垮了，当时正好有一辆公共汽车从上面经过，就很倒霉地被水冲走了，最终造成六死三伤、失踪四人的悲剧。康美桥这个好听的名字竟然成了食人的魔鬼。没想到今天三绕两绕的，竟然到了这座桥上，此刻这小子提出这个来什么意思呢？张局长心里很毛。

“康美桥不是已经废弃了吗？而且你不是今天出车祸死了吗？”刘大钧说：“人们行走不方便，就自发搭了这座便桥，没想到还是塌了，而且让咱给赶上了。”

毕竟年龄大了，加上刚才被惊吓着。不一会儿他就感觉到体力不支，好像随时就要摔下去。他颤抖着声音说：“刘老板，你看我们还有办法吗？我快不行了。”刘大钧说：“看来没指望了，就是我想救你，我那死在这儿的弟弟也不会同意啊，下面就是汹涌的河水，只要掉下去就会跟去年的公共汽车一样，被冲走。”张局长说：“你弟弟也在那辆车上？”刘大钧说：

"是的，他死得好惨，他是我们家族唯一的一个大学生。而且还有十天他就要结婚了。你说你还有人性吗？""我？这跟我有什么关系？""你不要狡辩了，当初就有很多人质疑这桥是豆腐渣工程，可是由于洪水把证据冲没了，你才得以保全自己，这几天我拿到你的存折，就更坚信大家的判断是正确的，怎么你还抵赖吗？你能说你这些钱都是干净的？"张局长还要辩解，可是风吹得更大了，身子跟着摇摇晃晃的，他感觉自己随时都会掉下去，看来今天是在劫难逃啊。刘大钧却一点不着忙，继续说："你今天向我说了实话，说不准我还能救你，你也看到了，我弟弟刚才可是来催过命的。"这一句话让张局长感觉到透心凉，他想到自己干局长这些年，经历过多少工程，几乎每项工程都让他获益匪浅，那些包工头只要把工程揽到手上，就变着法子降低质量，减少成本，他也就睁一只眼闭一只眼，感谢去年的洪水，否则就没有现在的光荣退休了。

他几乎是哀求起来："刘老板，刘老弟，你想要怎样就直接说吧，要不我这个存折上的钱，咱俩平分，只要你放过我这次。"刘大钧声音严厉起来："我的要求很简单，只要你承认自己做过的那些烂事，然后再向每个家庭道歉。你能够做到吗？"看着张局长在犹豫，刘大钧说："你花着这些钱心里能踏实吗？不感觉是在喝人血吗？"

张局长竟掉下了眼泪，不光是累的，心里五味杂陈。过了一会儿，他就把这些年来收的每一份钱都说了一遍，最后重重地吐出几个字："我要去自首，我想过几天干净日子。"

刘大钧说："看得出你确实想解脱，好吧，我成全你。现在你闭上眼睛，往下跳。"张局长绝望了，"没想到我答应了你，还是不放过我。"刘大钧说："我答应救你，就一定信守诺言，跳吧，下去，你就让自己干净了。"刘大钧看着他还在犹豫，就使劲一拉他的衣服，于是两个人就一起坠落了下去。

正当张局长感觉完了的时候，身子却已经落到底，其实并不深，而且下面竟然还有个厚厚的棉垫子，连一点伤都没有。刘大钧把他扶起来，说："张局长，是否感觉到解脱了。"张局长愣了好久没说话，是啊，刚才的一刹那，有一种死而复生的感觉。

原来这一切都是刘大钧事先安排好的。弟弟是自己装扮的，那个桥也不过是用几根木头临时搭建起来的，下面放个录音机模仿水的声音。当然他衣服里面还藏个小型录音机，万一张局长过后不认账的话，他会把这个交到检察院。他不能让弟弟死得不明不白，他要讨回公道，同时也想给张局长个机会。

第二天，张局长就惊魂未定地去自首了。这正是：丢了存折，事情败露；找到存折，保住了性命。

第二辑

EPISODE 2

一笔旧债半世情

爱无声

一提到“光极速网吧”，王丰就气得咬牙切齿，恨不得马上把它砸烂烧光。自从镇政府旁边的二层小楼改建成这么个玩意儿，这一带可就热闹了，整天出出进进，像赶集的一样，再看里面，更是人头攒动，乌烟瘴气，大多数是周围学校的初中生，甚至一些小学生也来过过网瘾。这其中就有王丰的儿子小威，他今年上初三，以前学习成绩在班里总是前三名，可自从迷上网络游戏以后，不是迟到逃课，就是在课堂上睡觉，有时甚至夜不归宿。现在班内前二十名里已经找不到他的影子了。别看王丰平时做生意挺牛的，可在对付儿子上网方面，他是一点办法都没有。儿子整天像中了邪一样，软的硬的都不管用，棍棒和拳头更是没少吃，但是越打玩得越欢。有一次，老师让小威捎信让家长叫到学校去，他竟然花二十元钱在外面“租”了一个卖菜的冒充家长。他就不明白，以前那么好的一个儿子，怎么就变得这样了呢？他常对周围的人说：“网络会把这一代人给害死的。”因此他不断地呼吁，甚至还跟其他家长一起上告，但都无济于事，原因很简单，开网吧的周老板不仅财大气粗，而且上面有人。县里虽来突击检查了几次，顶多是象征性地罚罚款，人家该怎么开还怎么开。于是王丰就整天琢磨着，怎样才能把这网吧给搞垮了。

凑巧的是，这几天，周老板雇请的网吧看管人员因车祸住院了，因此，“光极速网吧”就关门了。虽然孩子们急得是嗷嗷叫，家长可是暗中高兴，对孩子们撒谎说：“那个网吧太害人，国家有关部门给封了。”孩子们没有办法，尽管心里痒痒得难受，只得硬着头皮去上学。但谎言毕竟是谎言，谁也不知道，这种情况会持续多久。

果然，半个月后，网吧重新开张。那天周老板还放了鞭炮，惊天动地，好不热闹，很明显是在做广告。可是这广告还用做吗？孩子们早就一个个憋坏了。头一天，网吧里竟然爆满。

眼看儿子重陷“魔窟”，王丰心里无比难受。他看见新来管网吧的是个年龄不大的小姑娘，虽然人看上去很矜持，但干活挺利索，网吧被她收拾得干净清爽，也没有吸烟的了。她总是面带甜甜的微笑，怪不得连许多大人也来上网。

可是没有多久，王丰就发现了一个情况。网吧里孩子好像是少了一些。再看看门口，竖了一块牌子，上面写着：光阴易失，青春难买。在一楼和二楼的结合部位还有一块牌子，上面写的是：知识宝贵，成就梦想。这是搞的什么名堂？网吧老板良心发现了？王丰有些糊涂了。这不是明明告诉大家上网没有好处吗？这不是要自砸生意吗？世上哪有这样的傻瓜！再说这周老板可是唯利是图出了名的，他不但开网吧还经营着从镇里到县城的运输线路，那才是他的主业，网吧就全放给这个小姑娘打理。他每月只给小姑娘500元基本工资，奖金跟营业额挂钩。这一招很绝，谁不想方设法地提高营业额啊。

不过再看看儿子小威，这段时间好像对上网没有以前那么狂热了。学习也有了起色。这让他高兴万分，比多挣十万块钱都舒服。为了探个究竟，第二天王丰装着去上网，交了十元钱押金，他找了个位子坐下，里面人不多，基本以大人为主，只在角落里猫着几个孩子。过了一会儿，他看见两个男孩把几张纸条一样的东西塞进书包，然后匆匆离去。王丰走到他们的位子上去看，可是什么也没有。他好奇地问小姑娘：“这几个孩子怎么走了？”小姑娘莞尔一笑，反问道：“难道你希望他们在这儿吗？”

王丰更加纳闷，赶紧回到家里，在儿子的房间里他发现了一些小纸条，全是用复写纸写的一些鼓励的话，虽然有些很模糊，但是能让人从中感受到一股力量。其中有一张上面写道：黄金般的岁月，无情地消耗在无聊的键盘上，本该日益丰饶的知识海洋却在干涸。不光词句优美，而且包含着丰富的感情。或许正是这些纸条使儿子有了改变呢，其他一些纸条则零零星星地好像在讲述一个故事。王丰费了好大劲才把它们排好顺序，大体上说一个出生在大山深处一个叫林雅的女孩，自幼学习很好，但是贫穷的家庭，更加上一个生病的弟弟使她不得不放弃学业，尽管她刚考上一所重点高中。为了挣钱给弟弟治病，她只能背井离乡出来打工。故事结尾，她说道：你们应该好好珍惜目前所拥有的，否则将来除了悔恨还是悔恨。

王丰把妻子叫过来一起看这些纸条，结合刚才在网吧里看见的情况，凭着敏感，他断定一定是管网吧的那个女孩写的。可她为何要这样做呢？固然是为了别人好，可是哪个打工的不想多挣点钱的呢？于是他跟妻子决定把这件事情弄个究竟。

自从这个小姑娘来了之后，网吧是准时在晚上九点关门。王丰和妻子等她忙完说："林雅，我们想请你出去吃点夜宵。"

小姑娘很吃惊："你们怎么知道我的名字的？我又跟你们不熟，你们为何要请我？"

"这个不重要，从今以后咱们不就认识了吗，走吧。"王丰的妻子说着就挽起小姑娘的胳膊拉着她走。

王丰要了最好的羊肉串，他们边吃边聊，王丰对小姑娘说："林雅，我们一定要好好谢谢你，是你把我们的儿子从网吧里拉了出来。"

小姑娘不好意思地笑着说："叔叔，本来我不想让任何人知道这件事的，我只是尽了自己的努力，我不想看着那么多孩子把大好的青春浪费在网吧里。"

王丰妻子说："孩子，这样你可少挣不少钱啊，你跟别人真的很不一样。"

林雅说："我已经有五百元基本工资了，其实孩子少了，大人来上网的倒是多了起来，所以我的收入并没有减多少。"

王丰说："孩子，我们以前做了多少工作都没有成功，儿子是越来越迷上网，整天打游戏，没想到你这么快就使他改邪归正，还是你有办法。"

林雅说："既然你们都知道了，我就告诉你们吧，但是你们得为我保密，不能让老板知道。我在门口立的牌子，老板都不知道呢。不过我也不怕他知道。就拿这些牌子说吧，对一些初次上网自尊心强的学生管用，但是对那些上网很痴迷的学生根本就不行。于是还得用其他办法，我就每天在他们的电脑前面放上一张纸条，写上网的危害性，学习的重要性，还有很多我知道的案例，一次没有用，两次也没有用，但是次数多了，就会对他们产生影响。也算是润物细无声吧，这个办法我还是受我爸爸妈妈的启示呢。"

"真的吗？"王丰和妻子惊奇地问。

“我小时候对父母偏爱生病的弟弟很痛恨，就不跟他们说话，于是爸爸每天上工前就把一块干粮放在桌子上，开始我不理会，但久而久之，这样一直坚持下去，后来我就不恨他们了，而是感到一种父爱和母爱，对他们也有了一份理解，有的时候换一种方式解决问题或许就会收到意想不到的结果。”

“你就是因为弟弟的病才放弃上学的吗?”王丰问道。

林雅回答说：“是的，上高中考大学是我从小的梦想，但是我不能太自私，弟弟有病，爸爸妈妈太不容易了。他们整天起早贪黑，四十多岁的人老得跟让人看了就心痛。”说着，林雅就落起泪来，“我不能看着有些孩子沉湎网络而不管不问，对网络的危害性，我在书上读过。我用同样的方式把我的想法告诉了我们的老板，只是不知道结果会怎样。”

“是吗?”王丰好奇地问，“周老板可是很顽固的，以前我们给他做了多少工作，让他把网吧搬走，最起码不接收小孩子上网，可是都没管用。你用什么办法啊?”

林雅神秘地说：“我用手机每天给他发一个信息，谈应该挣怎样的钱才算是问心无愧的，谈学生上网的危害性，谈家庭的希望，谈企业家的社会责任感等等，或许会有效果的。”

“那真是太好了。”王丰妻子高兴地说，“可是孩子，要是周老板知道是你发的，他会生你的气的，说不定会炒你鱿鱼呢。”

林雅说：“我是刚花四十元钱买的一个二手手机，老板还不知道这是我的号码。”说着，她狡黠地一笑。

这样又过了两个星期，王丰和妻子再一次请林雅吃饭。这段时间，儿子变化太大了，不仅不再上网，学习成绩也上升得很快。王丰也能安心打理自己的生意了。这次他们有一个想法，他们原计划资助林雅去上学，不过心里一直很矛盾，如果林雅走了，会再来个新人管理网吧，这可能会让孩子们重新回到网吧，想来想去，他们决定还是先帮助她给弟弟治病。

深秋的天气已经有些凉意。正在他们一起吃饭的时候，林雅的手机响了，她一看号码是周老板的。周老板说：“请问你是给我发信息的那个人吗?我现在想找你谈谈，你在哪儿?”林雅告诉他见面的地点，周老板竟然没有听出她的声音。

不一会儿，周老板就开着车过来了。当他看见林雅和王丰以及王丰的妻子时有些诧异，与此同时，王丰两口子也感到很不自在，毕竟王丰好几次挑头告他的状。“林雅，你怎么在这儿啊？”

林雅说：“周叔叔，你不是想找给你发信息的那个女孩吗？我就是。”

周老板有点不相信地看着她：“你？不大可能吧！”

王丰说：“老周，就是林雅发给你的，但是请你不要怪罪她，你要生气的话就冲我来，孩子没有错。”

林雅赶紧说：“不，就是我的主意，周叔叔，你要不同意我也没有办法。”

接下来，王丰就把林雅如何帮助他儿子和其他孩子的事情讲了一遍，最后他说：“老周，人家小姑娘没有错，就是要求你不要接纳未成年人。”

没想到周老板哈哈笑了起来说道：“你们以为我是来兴师问罪的吗？实话说吧，这段时间我在山东泰安的外甥也是上网入迷，听我姐姐说玩起游戏来像中了魔一样，还网上聊天，前两天竟然去广东见网友，被人欺骗，差点出了人命。要不是林雅给我一直发信息我还是以为这只是个别事件，我是大老粗，不会上网，只知道开网吧挣钱。老王，看来以前咱们是欠沟通啊。”

王丰说：“老周，这么说吧，就凭你有这个认识，不知会有多少家长会感谢你。”

周老板摆摆手：“别提感谢了，我害了这么多孩子，他们不骂死我就算好的了。”

林雅高兴地说：“周叔叔？，这么说你同意以后不再接受小孩上网了？”

周老板说：“不仅如此，我决定从明天起关闭网吧。”

大家都吃惊地看着周老板。王丰说：“老周，你不会是开玩笑吧？现在不会有谁要求你关闭网吧了，只要不让孩子们进我们就心满意足了。”

周老板诚恳地说：“但是我的良心要求我这么做。现在很多大人也迷上了电脑游戏，昨天还有几个人要求我通宵开放。而且有的家庭矛盾也多起来，我不想为了挣钱而把自己的良心也卖了，林雅给我的信息上让我感到一个人的良心才是最重要的。”

林雅不好意思地笑了起来。

王丰说：“你要真关门，我们可就帮助林雅上学了。”

林雅赶紧说：“不，我会再去找份别的工作。周叔叔说得对。在我们国家，其实政府也是很为难的，也知道网吧的负面作用很大，但是要强行关闭又会损害经营者的利益，于是一直很混乱，在美国开网吧是要严格控制的。”

周老板赞许地看看林雅，扭头对王丰说：“这个我真的不如你们想得周到，我原打算是让这孩子去我的汽车上卖票的。看来孩子上学才是最好的，我们就一块帮助她吧。”

王丰妻子开玩笑地说：“孩子，你看你不仅帮助了我们，也帮助周老板净化了心灵。”

周老板对林雅说：“你就不要推辞了，孩子，你会很有前途的。”

第二天，在周围人的一片惊奇中周老板果真关闭了网吧。林雅回到老家重新去上学了，她的弟弟也在大家的共同努力下得以住院治疗。

做一个有社会责任感的人，有时候我们在帮助别人的同时，也帮助了自己。而在面对各种问题时，换种方式也许就会起到意想不到的效果。

爱的绿洲

李小哲的老爸住院了，这可来了麻烦，因为作为独子的李小哲在单位刚担任部门经理，事业刚有起色。人们都说，自古忠孝不能两全，所以陪老父亲的时间就少了。更要命的是，妻子刘宇然的母亲身体也不好，也住进了另一家医院。他们的孩子正上幼儿园，没有办法，他先后请了两个陪护，但人家只能干些面上的事情，不可能在感情上给老人以慰藉，为此他很苦恼。后来他只好叫了非常要好的朋友李鸣去陪护，李鸣对老人就像对自己父亲一样，不光照顾得无微不至，而且还陪老人谈心聊天，老人很高兴，身体也明显恢复得快。

这天，当李小哲出差回来时，发现李鸣没来，而是换成了一个陌生青年。青年自我介绍道："我是李鸣的朋友，叫李伟军，他临时有事，就把我叫过来了。"李小哲赶紧表示感谢。王浩扬说："谢什么，大家都是朋友。"李小哲的父亲拉着李伟军的手说："小伙子，你不光心细，还很有耐心，比小哲照顾得我都好。"接着，李小哲就跟王浩扬谈论自己眼下的困境，工作忙不说，两边老人住院，只恨没有分身之术。李伟军告诉李小哲都是朋友了，所以有什么难处尽管说，李伟军又来帮助照顾了两天。后来，李鸣告诉李小哲这两天李伟军是舍下了自己的生意过来帮忙的，更让李小哲感动不已。

晚上，妻子拿着一张汇款单说："今天我又收到了八千元钱，还是说是尽绵薄之力孝敬我爸的。"李小哲拿过汇款单看了看，收款人一栏依然写的是老婆的名字，上面没有汇款人的地址。署名与以前一样，是：与你联合养老。这是她第三次收到这样的汇款了。

好在李小哲的爸爸没多久就出院了，但李小哲也陷入了沉思。因为老爸的身体一直不很好，说不准什么时候又要复发，而自己又是天南地北地跑。该怎么解决这个问题呢？他突然想起来老婆收到的那个汇款单，“联合养老”几个字给他的印象很深刻。他产生了一个新主意，就在网站上贴出了一个通知，征集八零后的独生子女。他详细说出了自己的想法，仅靠一个人来养老，确实负担很重，不说经济上，就是精神和精力上就难以应付。他想成立一个小团体，由大伙联合起来养老。帖子发出后，让大家耳目一新，支持的人甚多。这增加了李小哲的信心。他进一步完善了自己的计划，要求愿意加入的人必须提供自己的真实信息。他建立了一个QQ群进行交流，本意是要大家在陪护老人时，让老人能感觉到像自己子女一样的体贴，而不是成立一个基金什么的。参加的人必须有爱心，有耐心，细心。很多人表示愿意加入，并推举李小哲作为领头人，负责组织和联络。经过两个多月的筹备，这个群体就宣布成立了，并命名为“孝心储存联盟”。他准备举行一个正式的聚会，让大家先熟悉起来。总共有26人参加聚会，各行各业的都有，大多都是有一定经济基础的，其中也有王浩扬。大家畅所欲言，纷纷表达了各自的想法，并表示每年至少要进行三次这样的聚会，平时还可以通过电话或者网络进行联系。后来在联系的过程中有些人竟然成了生意伙伴，真是一举两得。

不过对这件事情，老婆刘宇然一直表示反对。因为她认为并不会所有的付出都能得到回报，所以李小哲请她去，她根本没有理会。

这样过了一段时间，有几个联盟的成员向李小哲反映说有一个叫王远刚的怎么也联系不上。李小哲就叫了两个朋友，按照地址去找他。在一个普通的小区里找到了王远刚。原来他母亲因病住院了，在医院陪床的只有他的妻子一个人。与其他陪床的人相比，的确有些凄凉。李小哲刚想说几句埋怨的话，王远刚把他们几个叫出来说：“哥，不是我不想给你们联系，我也知道多几个人帮忙好，可是自从上次聚会后，我就发现跟大家的条件没法比……”李小哲赶紧打断了他的话，说道：“兄弟，什么也别说了，我们认识就是缘分，大家尽一份力吧。你在公司里也是刚站稳脚，我们这个年龄的人竞争压力很大，事业上能不耽误就不耽误。但是老人也必须有人照顾，还要照顾好。”大家都点头称是。一席话说得王远刚有些不好意思，这才向大家说明老人得的是胃癌，已经到了晚期。李小哲说：“我们要尽最大的努力，让老人这段时间过得舒心。我们做晚辈的不要给自己留下遗憾。”

李小哲就把这件事及时通知了联盟成员。他就按照居住地点和工作性质进行了值日分工这样能确保中间不断人，按照联盟的规定，陪护期间个人的饭菜和交通费自理，不过他们还是尽量在经济上帮助王远刚家。这段时间，有记者知道了他们的事情，就在报纸上进行报道。联盟的知名度有了很大的提高，于是要求加入的人也越来越多。

赶上李小哲休年休假，他来照顾了三天，人都累得黑瘦了。他又发起了一次捐款活动，数额比较大，最多的捐了八千，有一个捐五千的。这给王远刚解决了很大的困难。但是因为老人病情很严重，住了一个多月的院，就去世了。大家能来的都来帮忙，把丧礼办得很圆满，这让王远刚很感动，并且告诉李小哲一定要代他谢谢李伟军，说他不光捐款最多，还提供了其他一些帮助。李小哲一怔，看来李伟军的确是非常热心。于是就查了成员登记的详细信息，却发现在父母情况一栏里，竟然是空着的。难道他的父母都不在了？如果这样的话，他又何必参加这个联盟呢？带着这样的疑问，他打电话问李鸣是怎么回事，李鸣也说自己是在一次献血的过程中认识李伟军的，详细情况也不大知道，只知道他的父亲几年前出过一次交通事故。李小哲把这件事告诉了妻子，妻子说："也许他以前曾接受过别人的帮助，现在还这份人情吧。"

这天李小哲把李鸣和李伟军约在一起吃个饭，也好履行诺言替王远刚谢谢李伟军。席间，经不住大家的一直催问，李伟军才把自己的故事讲出来。他说母亲早年去世，而六年前的一天父亲在骑自行车外出时被一辆摩托车给撞倒了，肇事摩托车逃走了。正好有个路过的女青年把他父亲扶起来并送往医院，还垫付了住院押金。等李伟军的大哥和大姐赶到时，父亲已经做完手术了。女青年说明了情况想走，李伟军的大哥却一把拉住她，一口咬定就是她撞的。女青年感到很委屈，一个劲地为自己辩白，但是由于没有证人。唯一的希望就是等老人醒过来之后再说。但是老人醒来后，在大哥的鼓噪之下，竟然也说她就是肇事者。她当时就急得大哭起来，连媒体也惊动了。在好心人的协调下，最后，女青年只得赔偿了三分之二的住院费。私下里，李伟军的父亲却很后悔，多次表示要说明事实，都被大哥他们给拉住了。这成了老人的一块心病。老人临终前，拉住李伟军的手说："我一辈子没有干过缺德事，老了竟然把人家害得这么惨，以后谁还会做好事啊！都怪你大哥这个混蛋。我走后，你一定要把这件事处理好，否则我死也难瞑目啊！”正是基于这样的原因，他才决定参加这个联盟。而且现在自己的生意也有了很大的发展，有了一定的条件。也给那个女青年邮寄了几次钱。算是赎罪。李小哲问：“那个女青年叫什么名字啊？我们也好帮助一下。”李伟军犹豫了一下，说：“她叫刘宇然。”李鸣惊叫了一声，但随即被李小哲用眼神制止了。李伟军不解地问李鸣：“怎么，你认识她？”李鸣摇了摇头。李小哲赶紧说：“都相信好心总会有好报。其实是你的想法启发了我，才有了我们现在的成功。”李伟军刚要问为什么，他就转移了话题。

晚上回到家里，李小哲对着厨房里喊道：“宇然，你也加入我们这个联盟吧，要相信做了好事的人永远都不会被忘记。那五千块钱说不定就是你以前做了好事储存下的呢。”接着他把李伟军的事情告诉了她。听了后，她也感觉很震惊，自己的不白之冤终于洗刷掉了。她的眼泪禁不住夺眶而出，喃喃地说：“但愿他能够一直这样献出他的爱心。”

她擦了一下眼睛说：“你以为就你觉悟高啊？那五千块钱我不是都捐给王远刚了吗，只当是没有诉你。”这让李小哲很惊讶，妻子继续说：“不过我有个想法，我想单独成立一个联盟，发动起我们女同胞，不光联合养老，救灾扶贫，还可以互相照顾孩子什么的。我敢打包票比你们的孝心联盟还要火！”李小哲眼前一亮，看来无论是孝心，还是爱心，都在这个城市里传递着，成了城市里永不熄灭的温暖的灯光。

“玩”手机

李明刚提了技术科副科长，恰好他的哥们加老乡王超前不久在另一家大企业刚由销售科副科长转正，两人皆大欢喜。俗话说朝里有人好做官，可他们两人都来自贫穷的农村，啥关系也靠不上，全是自己一步步奋斗出来的。王超从科员到副科长用了五年，从副科长到科长用了四年。李明从科员到副科长用了三年。他们既是老乡，也是竞争对手。谁也不明说，但都暗暗较着劲，看谁能混得更好。这在一定程度上成了他们前进的动力。

周末，王超打电话来说两家要聚一聚，也算互相庆贺一下。李明觉得很有必要，就携夫人和孩子来到王超定的得胜大酒店，这是一家刚开的酒店，相当豪华。李明说：“我们只是家庭聚会，没必要搞那么高档，这得花多少钱啊。”王超说：“我们又不是常来，聚一回就得好好享受享受，不用你埋单就别瞎操心了。”孩子们可高兴得不得了。

两个人都能喝点，又都喜欢喝慢酒，夫人们和孩子们吃饱喝足后，在李明妻子黄晓钰的提议下逛商场去了。

这下两人可要好好发挥。他们喝得很尽兴。李明说：“前两天喝醉酒把手机摔坏了，又买了一个，你帮我看看性能如何。”说着就把手机递过去。王超也没仔细看，说道：“现在手机功能都差不多，不过你根本不会玩手机。”“什么，我不会玩手机？老兄你喝多了吧？我可是手机信息大赛一等奖，比你强多了。”

王超不以为然地说：“这就叫会玩？太小儿科了吧。”

李明有点急了，“还能怎么玩？不就是拍照录音吗，这些功能我都掌握得很熟啊。”

王超也不跟他争论，说：“来，喝酒。”两个人你来我往，继续喝起来。过了一会儿，王超掏出自己的手机，很艰难地发信息，看得李明都想笑，说：“老兄，你这样玩手机啊，等你发完信息，早黑天了。”王超只是嘿嘿地笑。信息发出去没多久传出“嘀嘀”来信息的声音。王超把手机递给李明，只见上面写着：您的充值已经成功，金额为五百元。看着李明迷惑不解的样子，王超神秘地笑了笑，举起酒杯子说：“为你的升迁再干一杯。”

临近结束时，王超又掏出手机打了个电话：“你是王老板吗？是啊，我在得胜大酒店……好了，那我们可就走了。”到了楼下，李明抢着去结账，王超一把拉住他说：“走吧，这点事情还用得着咱？”李明这才明白，原来这小子所谓的玩手机是这样啊，可是这能行吗？他刚想劝劝王超，王超却谈起别的话题。也难怪，王超干的是肥差，哪个客户不巴结啊。

回到家里，李明赶紧发了几条信息。一条是给同事，了解了下工作情况；一条是给老婆，让她少买衣服；一条是给自己的红颜知己。同事回电话汇报了一个项目的进展情况，老婆没有理他，红颜知己则回信息说：亲爱的小坏蛋，光知道喝酒，也不来陪我。说起李明发信息的速度确实是一流的，他一般不打电话，省钱是一方面，他感觉信息更能清晰地表达意思。而且跟打电话速度几乎差不多，往往是对方还在读第一条信息时，他的第二条已经过去了。红颜知己是他刚刚才发展起来的。去年他与自己的一位大学女同学不期而遇，说来也巧，当年两个人彼此有好感，只是女方的父母坚决反对，嫌他是农村来的。见面才知道，她并不幸福，老公很有钱但对她不好。那次邂逅，竟使两人重新沐浴爱河；而且进展很神速，很快就发展成情人关系。李明经常给她发信息，有时临睡觉趁老婆铺床的机会就能发好几条，躲在被窝里发也是常有的，也发彩信。他们彼此用手机表达着爱意，卿卿我我，缠缠绵绵，被一番别样的爱滋润着。他现在几乎一刻也离不开手机，手机给他带来了无穷的幸福。虽然他经常偷偷看老婆的手机短信，可是老婆从不动他的手机。这么长时间老婆竟然一点儿没有察觉，他很为自己的机敏感到骄傲，心想玩手机玩到这个水平也是一种能耐啊。

这天是星期六，一个人在家里没事，李明拿出手机，给情人发了条信息：亲爱的，还记得去年的今天吗？那个令人终生难忘的日子。

可是信息刚发出去，李明的冷汗就冒出来了，坏了，神使鬼差，刚才按的是老婆的手机号码。他脑子“嗡”的一声，心想这下可糟了。但是他急中生智，赶紧补充了一条：亲爱的老婆想起来了吗？那天我们手拉手，漫步在公园，小河边……这一次他输好老婆的号码毫不犹豫地发出去，他要在老婆没有反应过来之前，糊弄她一下。可是他刚发出这条信息，老婆的短信就来了：谢谢你老公，竟然还记得去年的今天，我正躺在医院里死去活来地做人工流产，你好浪漫，吻你。

这下李明可傻眼了，都怪自己的信息发得太快。过了好大一会，老婆的信息又来了：我这才知道，当时你为什么没有陪在我身边，不过这也不怪你，反正你也没闲着。

李明心情坏到了极点，晚上他等着一场暴风雨来临。可奇怪的是，竟然风平浪静，老婆一点生气的迹象都没有。李明暗自庆幸，他想老婆或许认为自己在跟她开玩笑呢，也就放松了警惕。可是黄晓钰并没有放松，她在等待着机会，终于，晚上，趁他洗澡，她第一次打开他的手机，里面竟然有他跟情人在一起缠绵的照片，场面不堪入目，还有好多短信，肉麻得让她直恶心。这些内容本来前几天他都拷在单位的电脑里了，看这几天没事，又拷了回来。没事的时候就拿出来欣赏，感觉很惬意。但是现在证据确凿，抵赖也没有用。黄晓钰是谁啊，女强人，不仅是研究生毕业，还是单位党支部书记，她绝不会容忍自家后院起火。当时她看上李明，就是因为他老实可靠，有上进心，没想到竟然变得那么快，没啥好商量的，离婚。任凭李明怎样认错也没有用。后来李明想要回儿子，也不行。离婚后，他给情人打电话要求结婚，情人说只愿意保持这种关系，她舍不得离开老公的钱，气得李明跟她大吵一顿，见面时还动手打了她。等他后悔再发信息，人家不回了，她的最后一条信息是：再发，我就到公安局告你骚扰。事已至此，分手也就难免了。除了一套房子，他现在是一无所有。他做梦也没有想到事情会到这一步，就发信息把自己的不幸告诉王超，可等了好久也没动静，打电话却关机了。这是从没有过的事情，这家伙到底怎么了？

找到王超的时候，他正在家里一个人上网打扑克呢。李明说：“你好有雅兴啊，工作这么忙，还有时间玩这个？”王超也不理他，继续玩自己的。倒把李明晾在了一边。过了好大一会儿才问李明：“咱喝点酒？”李明说：“好啊，去哪个酒店由你定。”王超略一沉思说：“不用了吧，还是在家里整几个小菜，咱哥俩好好聊聊。”李明嘿嘿一笑：“这倒是新鲜，你何时在家里喝过酒啊，不过在家喝起来随便。”王超的手艺虽然不怎么样，但是弄几个下酒菜，还是绰绰有余。喝着酒，王超竟然哭起来，把李明吓了一跳，忙问怎么回事，并说自己这么大的事情，都挺过来了。王超一惊，李明就把自己离婚的事情说了。王超擦一把泪说：“哥们，我把自己给毁了啊。”说着就告诉了他原委。原来他们单位生产一种高科技产品，供不应求，交了钱几天都拿不到货。他这个销售科长自然就成了公关的对象，他把自己的微型手机整天捏在手里，感觉很踏实，只要一个信息发过去，或一个电话打过去，那些客户就得乖乖地送钱送东西，向客户索要财务，让人家请客吃饭或者为自己结账，呼风唤雨，好不惬意。在他看来，这个手机简直就是一台小印钞机。可是常在河边走不能不湿鞋，这鞋经常湿，脚趾头就难免露出来。这天，来了两个客户，要求订货，王超爱答不理地说：“你们等等吧。”客户可急了：“王科长，你看能不能照顾我们一下，我们等着急用呢。”王超看了他们一眼，很不以为然：“该照顾的人太多了，没看见大家都在等吗。”客户不甘心说：“今晚我们一块吃饭，咱们好好谈谈好吗？请一定帮帮忙。”王超说：“再说吧，不过我的手机坏了，不一定能找到我。”客户一听就明白了，一会就带回来一部高档3G手机，里面存了1000元话费。王超很自然地就笑纳了。第二天厂纪委就把他叫走了，原来昨天那两个人就是纪委的，他们是根据别人的举报来抓证据的，可以说是板上钉钉，狡辩也没有用，于是被撤销科长职务。不仅如此，他连班也上不成了，在家里等候安排。那天两个人喝得酩酊大醉。

又过了几天，王超找到李明说：“这个厂子我是待不下去了，他们竟然安排我干门卫，我哪能受得了这个，昨天辞职了。”李明担心地问道：“那你打算怎么办？连条后路都没给自己留。”王超说：“听说张强在城里包工程发了，我想去他那试试，看看是否有合适的位置。”李明点点头，事已至此，也只能这样了。于是打电话给张强，没说找工作的事，只说三个人想一起聚聚。没多长时间，张强就开车过来了。他们三个可是从小一块儿长大的。一见面张强就嚷着自己请客。喝酒时，张强掏出手机来打，王超生气地说：“玩什么手机，我现在看见手机就恶心！”弄得张强莫明其妙，说：“王科长，架子大看不起人了是不是，我用手机碍你啥事！”一旁的李明直朝他挤眼。王超却叹了口气说：“让人家给免了，王科长不存在了。”张强睁大眼睛吃惊地看着他俩。

李明说："咱不说这个，来，喝酒。"三个人喝得昏天暗地，李明和王超就不由自主地讲了各自的遭遇，并且最后都加了一句：这全是手机惹的祸。

张强说："王超，你是咱那一伙里混得最好的一个，家乡谁不夸你羡慕你，你容易吗你，咱们的每一分钱都要来路正，要用自己的汗水来换，现在你太让人失望了！"他顿了顿，又对李明说："知道吗，谁不夸你找了个好老婆，要模样有模样，学历比你还高一大截子，现在老家哪个后生找媳妇，都还以你老婆为标准呢，人家当初没有嫌你穷，你小子良心让狗吃了？"两个人都惭愧地低着头，一句话也不说。

正在这时，张强的手机响了，里面传来一个女人的声音，还有点娇气："张老板，那笔钱怎么还没凑齐啊……"李明和王超都静静地侧耳听着，看着他们脸上怪异甚至幸灾乐祸的表情，张强合上手机说："别乱想了，她是暑假来我这打工的一名大学生，是个残疾人，来帮助我料理资助贫困大学生事宜的，"张强看上去十分生气，指了指自己的脑袋，继续说："你们不能怨手机，是这个地方有问题，不往正路上用！"说着抓起桌上的手机站起来就走，临到门口，甩下一句话："你们埋单吧，我没有闲钱请狼吃饭。"说完，扬长而去。

两个人目瞪口呆，或许此时真该好好总结一下了，手机可不能这个玩法，而应该好好地用，否则早晚要受到惩罚。

谁是钉子

丁老松经营“丁家火烧”已经有两年多了。“丁家火烧”在这一带是很出名的。看着好看，外皮焦黄，白芝麻撒的均匀；吃着好吃，不干不软，香脆滑口。来买的人很多，丁老松也很有赚头。

其实他也是这几年才重拾这个手艺的。以前他主要以种田为生，再说那时因为封闭也不具备干小买卖的条件，可是现在眼看着原来的农村就要被高速扩充的城市淹没了，他家里的田被占没了，房子也面临着被拆掉的命运。还有一个大的变化就是这里的工厂多了，许多人来这里上班，于是就通了公交车。

这条街具有做生意得天独厚的条件。它两头都有公交车站，人来人往，非常繁华，于是就自然成了小吃一条街。丁老松的儿子大海这些年外出打工也不容易。更重要的是，大海的儿子小东去年查出来患有先天性心脏病，他更不能离开了，于是就跟爹一起打火烧。

这天晚上收摊回到家里，大海就有些着急，因为他看见上三年级的小东正在写检讨。一问才知道他今天在学校里跟同学打架了，他拧起小东的耳朵就要打。丁老松看不下去了，说道：“孩子犯了错误罚写个检讨就好啦，看你这熊样，逞什么威风？”大海也没有顶嘴，训了小东几句就到一边去了。虽然丁老松很疼爱孙子，但他也知道大海今天在外面受了些委屈。

今天一大早，来了好几辆城管的执法车，给每个摊位都发了通知单，要求所有的摊子在三天之内全部搬走，那里要建成步行街。拿到通知，大伙都愣了，以前从没有听说这里要拆迁改建啊。于是就议论纷纷，说搬走也行，但是得给补偿，还要再给找个更好的位置。有几个人说了过火的话，为首的是城管队长王小武，他大声呵斥道："谁给你们补偿？县政府定下的政策，搬也得搬，不搬也得搬！"大海也加入到了争论的行列，说道："不给个说法就是不搬！"王小武恶狠狠地留下一句话："不搬就等着瞧吧！"说罢坐上车扬长而去。摊主们连生意也没心做了，都商量着该怎么办，商量来商量去，先达成一致意见，就是死活不搬。丁老松也明白，一旦搬走，生意会损失不知道多少，但是上边定下的政策不执行也不行啊，问题是得有个说法才行。一晚上，他都没有睡好。

第二天，城管的人又来了，是来张贴告示的，宣传这一带要搞开发的重要意义，没想到刚刚贴在墙上就被人撕掉了。城管们很恼怒，就掀翻了几个摊子，并说三天到期，谁也别想在这里干了，看秋后的蚂蚱还得蹦跶几天。丁老松本想过去跟为首的一个人理论几句，不料被几个人推了个趔趄，差点倒在身后的一个油锅里。看着老父亲被这样无礼的对待，大海急了，冲上去要抓一个城管，被丁老松给拦住了。他不想把事情闹大。看着川流不息来这里买小吃的人，想想马上要告别这里，他真为以后的出路担忧。于是下午他就跟几个年龄大的人到县政府去问问情况，问了几个部门都说不知道，也有说是要改步行街，但不归他们管。最后他们去了信访办，那里的工作人员很认真地做了登记，要他们回家去等，说一个星期就会给他们答复。丁老松就急了，说城管马上就要动手了，工作人员说知道了。他们只好怏怏而回。

三天过去了，一个搬走的一个也没有。但是也暗中留了一手，估计到城管的人来了要抢夺东西。于是就把电子秤和一些值钱的东西都藏好了。城管果真沉不住气了，一会工夫就来了好多人，但并没有大家想象的下来就是一阵稀里哗啦的摔打和抢夺，而是一个个站在旁边。王小武坐在路边的小汽车里，叼着烟卷，悠然自得，像在瞧热闹。大家都很奇怪，不知道他们葫芦里卖的什么药。正在大家纳闷的时候，只见从街道的两侧各驶来了一辆拖拉机。一会就听到有人呼叫，只见拖拉机上正在倾泻大粪汤。一时间整条街道上都弥漫着臭味，一些来买小吃的人更是捂着鼻子慌不择路地跑掉，这简直太荒唐了。没想他们会来这一手，不用动手就让大家做不成生意了。于是大海和几个年轻人就顺手拿起手边的东西向拖拉机扔去，有的砸到了开拖拉机的人，拖拉机就有些失控，东倒西歪地乱撞，这一下场面就乱了。有的人向在一边瞧热闹的城管扔东西。城管当然不是吃素的，于是冲上来掀摊子，很快就打成了一团。城管显然的有备而来。他们从车上取下了木棍铁条之类的东西，大打出手。王小武竟然也耐不住寂寞地加入到了打人的行列，用木棍朝一个妇女猛打。最后的结果是两败俱伤，摊子被掀得七零八乱不，整条街道污浊不堪。大海的腿不知道被谁重重地打了一下，两个城管被抓了满脸花。有一个妇女估计是被打断了腰和胳膊，躺在地上一动也不能动，直呻吟，地上淌满了血水，有人报了警，等警察来的时候，已经是满地狼藉。大海和五个年轻人被带到了派出所问话。大家都被激怒了，于是没有谁来组织，就直奔向县政府而去，他们要找个说理的地方。队伍不断壮大，因为有一些市民也半道上加入进来。他们有的是经常来买饭的，有的是刚才的旁观者。这个阵势让县里的领导很生气，表示要进行调查。他们的要求是赔偿他们的损失，并处理那些惹事的城管。

城管打人的场面正好被一个过路的人用手机拍了下来，并发在了网上。很多人跟帖，称这是史上最野蛮的执法，并对王小武举棍子打人的镜头进行了特写，这下事情可闹大了。本来政府是有意袒护一下的，毕竟，搞步行街是县里决定了的。但是现在想瞒也瞒不住了，尤其是看到他们拉着粪车倾泻的镜头，也十分震怒。于是很快宣布免去王小武的城管队长职务，这真是大快人心。看来这回领导是来真格的了，有很多人燃起了鞭炮以示庆贺。大海和几个年轻人因参与了打人，每人罚款3000元才被放出来。

尽管这样，小吃一条街还是被取消了。在各种压力下，有关部门给划了另一块地方让大家摆小摊，但是太偏僻了。因此很多人都舍弃了自己的小生意。大海也一气之下带着小东外出打工了。

离给孙子治病所需的钱还差很多，丁老松很着急，正好嫁到外县的女儿得知这一情况后，要他到她那儿去，说以他的手艺，保证能把火烧卖火。这下丁老松没有犹豫。因为祖祖辈辈耕种的地没了，几间老房子也在推土机的轰隆声中化为乌有。

来到新地方，丁老松很快找到了感觉，他的手艺发挥得淋漓尽致，每天来买火烧的人络绎不绝，甚至也有一些大饭店来订他的火烧。他是临时摆个小摊，这里并没有什么小吃一条街。他跟女儿商量等以后给孙子治好了病就租间门头房，固定下来大干一场。

这样过了几个月。这天上午丁老松刚打好了两炉火烧，看见周围的摊子都稀里哗啦地在收拾东西，他起初没有在意，但是等他抬头时，看见一群城管已经冲到了自己跟前，他一阵眩晕，还没有明白过来是怎么回事，对方已经把他盛放佐料的盆子和几个小座位给拿走了。没有了佐料，这火烧就没法再打了。于是他赶紧抬脚去追，就在他拉住对方的衣服时，自己的屁股上被重重地踢了一脚。他一个踉跄就“扑哧”一声倒在了地上，头正好碰到了前面的一块石头上。活到这么大岁数，他还是头一次被人这么重重地踢了屁股呢。慌乱中他抬头看见一个人正在满脸狰狞地看着他，他挣扎着想起来，但是对方又狠狠地踢了他两脚，他就不能动了。慌乱中，他还是看到了那张熟悉的脸，他感觉那个人很像王小武。他有些不敢相信，这可不是在自己的县里，两地相距数百里呢。

等女儿和女婿闻讯赶来，丁老松已经在地上躺了两个多小时了，被送到医院，做了紧急抢救，很长时间才苏醒过来。医生说需要住院。丁老松死活不同意，自己辛辛苦苦挣的那点钱还不够住院费呢。女儿在一边直哭。好在女婿有主见，替他办完了住院手续，又回头跟他做工作，说输几天液。如果没有什么大事情了就随时可以出院。倔强的丁老松这才同意住下来。

等丁老松的病情稍微稳定了，女婿才告诉他说：“爹，你要是愿意继续打火烧的话，我们就花钱租个门头房吧，外面正在整顿市容，以后摆摊可不容易了。”丁老松问：“我怎么看着有个城管很熟悉呢。”

女婿说：“我们县里才调来一个新城管队长，听说他上边有人，所以很凶猛，没有谁敢惹他。”丁老松自言自语地说：“一定就是那个王小武，可是这才多长时间啊，学生错了还需要写个检讨呢，他以前犯下的事情就这样完了?”女婿说这种事情多着呢，生气也没有用。

第三天，丁老松就偷偷出院了。他在街上等着大半天，终于看见了神气活现的王小武，此刻他正在指挥城管们清理街道。丁老松来到他面前气愤地说道：“你是走到哪里害到哪里啊。”这时王小武也认出了丁老松，冷冷地说道：“看来你到哪里都是钉子户啊。”丁老松说道：“谁是钉子户？你才是钉子呢，我们甩都甩不掉，你专门盯着我们这些小老百姓，才被免职就又出来祸害人！这世道到底有没有真事啊?”王小武不愠不火地看着丁老松，一副满不在乎的样子。丁老松还想理论，但是很快就被几个城管给架到一边去了，然后王小武坐着小汽车一溜烟走了。丁老松越想心里越不是滋味，他不明白这样的人怎么换了个地方就能继续做官呢？难道上面有人就能这么随便？这跟当时没有被撤职有啥区别啊？他决定去上访，一定要到上边去问个清楚。

于是他就约好了三个在前几天被城管打伤和被没收了工具的人一块去县里上访，由于临近中秋节，各地对上访群众控制得很严。第一天被堵截了回来，女儿女婿就劝他不要那么认真了，反正住院费也没有花多少。丁老松生气地说："我就咽不下这口气，不是钱的事。"于是第二天他们决定去市里上访，可是这回更惨，在车站就被截住了。他们其中一个人跟工作人员撕扯起来，这下可好了，工作人员恼羞成怒，他们被作为顽固不化的捣乱分子被送进了精神病医院。进去之后，二话没说就被注射了镇静剂。

在里面待了一个多月，才被女儿和女婿辗转接出来。出来的时候，丁老松更加瘦削，目光呆滞。他总是自言自语地说自己总跟公家过不去，还总称自己是钉子。

他现在真的分不清到底谁是钉子了。

老婆不是光吃醋

张伟的妻子哪方面都好，要知识有知识，要模样有模样，可就是爱吃醋，平时只要张伟跟哪位女士说句话，或者多看女的几眼，她都会过敏得要命。为此两口子没少吵架，大动干戈也是经常的事。别看她表面上很温柔，一旦闹起来，三个张伟也不是对手，弄得张伟整天如履薄冰。上次张伟在家里不经意地说他单位的一个女士烫了头发挺好看，结果妻子跟他闹了五六天，连离婚这样的重话都说出来了。不过气归气，闹归闹，如果没有这些事情，两个人还是爱得死去活来。

今天是黄金周的最后一天，明天就要上班了，晚饭后他们出去散步，小两口一路上有说有笑，令人羡慕。可是怕什么偏偏来什么。张伟的同事张姐、宋姐和小刘迎面走来。而这时候妻子也正停下来跟她的一个熟人说话。张伟想赶紧溜，可是宋姐却抢先说道："张伟，真是说曹操曹操就到，刚才我们还在谈论你呢。"

"谈论我？"张伟吓坏了，心里想，这个时候说这种话那不是添乱吗？但是看看妻子还在后边，那就简单说两句赶紧走人。于是就迎上去："你们好，看你们满面春风的，这几天一定是过得不错了，工作上有什么问题明天到班上再说吧。"

"你这人真是，现在谈什么工作啊！"宋姐是不依不饶，她们平时就在单位闹惯了，现在当然也不会拘束。"老实交代，这两天干什么去了？"

张伟看看妻子，她现在一个人站在路边正往这边看呢。于是他结结巴巴地随便说："没去哪儿，就是到县城里买了点东西，顺便参加了个抽奖活动。"他想把妻子叫过来，向她们介绍一下，这样可减少些误会，但是这几个同事偏偏不给他机会。而这时妻子的脸上早已经是阴云密布了。

张姐嘴像连珠炮似的："我们刚从海南回来，那儿真是太好了，亚热带风光，这辈子如果不去可真是太可惜了。你不知道吧，沙滩上男男女女穿着少得可怜的衣服，你要是去了，说不准就不想回来了。"

张伟现在是暗暗叫苦，心里想给我一百个胆我也不敢去那种地方啊！宋姐说："我们去了上海，到浦东看了看，真是美极了，尤其是东方明珠，气派得让人流连忘返。"

小刘也是不甘落后，张嘴要说什么。

张伟现在是浑身虚汗连连，妻子在那边脸色越发难看，看来今天一场战斗是免不了了。不行，得赶紧想办法脱身。于是他主动对小刘说："你也出去旅游了吧，你们真是会浪漫。祝贺你们！我得走了。"

小刘却说："我们去乡下孩子爷爷家了，我现在想请教你几个电脑问题，等一会儿我回家要整理几篇文章。"

"唉哦，我的姑奶奶啊。"张伟差点叫了出来，他现在感到彻底绝望了，想立刻抽身看来是不可能了。干脆一不做二不休，就陪她们聊吧。

"小刘，我们还是去超市吧，一会儿人多了不好往里挤，电脑的事情明天再说呗。"张姐拉着小刘她们对张伟说："你这人真是，怎么不陪你老婆出来玩啊，小心回家挨拳头，明天见。"说着扬长而去。

张伟心里那个恼啊。再看看妻子，她已经转身往回走了。于是他赶紧追上去，可是妻子根本不给他机会，走得很快。张伟的心都快要跳出来了，他感觉到妻子随时都会转过身向他扑来，他窒息得难受。今晚是跪搓板，是冷战，还是无休止的吵闹？他不敢再往下想了。

好不容易赶上妻子，他赶紧解释："我跟她们真的什么事也没有，只是闲聊聊而已。你千万不要生气。"

妻子猛地转过脸来，大声说："我不生气才怪呢，你平时不是挺能吹的吗，怎么现在不行了！看人家都多牛啊，出去旅游。你不带我出去也就罢了，要么就编一个惊天动地的，瞧瞧你那点出息，去县城买东西抽奖，你土不土啊，把我的脸都丢尽了！没情绪了，走，回家！"

张伟愣在那儿，半天没回过神来。过了会儿，他迅速地掏出手机来，拨了个号码，大声说道："张姐，刚才忘了问你个问题，这几天我不是给老婆买了条六千多块钱的项链吗，感觉不太上档次，想换条更好一些的，麻烦你告诉我你那条是什么样式的。”然后就挂断了电话。

这时只见妻子兴冲冲地回过身来，挎住了张伟的胳膊，说道：“没想到你还挺会办事呢，你给人家买不起，再不吹吹，生活还有啥意思啊。”

一笔旧债半世情

这天上午，来自山东泰安的李仁军，经过长途跋涉到了坐落在甘肃中部的这个小镇上。然后又经过几个小时的艰苦打听，才最终找到了以前的同事王芸凤的家。

王芸凤和两个儿子都正好在家里，看着从天而降的李仁军，要不是有人介绍，王芸凤都几乎认不出来了。而李仁军一下子就认出了王芸凤，叫了声：大姐。然后直言不讳地说：“我可是来还你钱的。”王芸凤先是一怔，然后才说：“别说还钱不还钱的，这么远能来太不容易了。”李仁军让人把礼品抱了进来，然后把两个红包掏出来，递给王芸凤，笑着说：“三十多年了，我也不知道那时候的20元钱相当于现在的多少，这个包是五千块钱，算还账，这个包是一万元我对你的感谢。”王芸凤还是那样快人快语，“你说啥呢，我哪里想要你什么感谢啊，别给你大姐来这一套了。”为此他们拉扯了很长时间。李仁军说：“大姐，这个钱一直是我的一块心病，我可从来没有忘记过。”接着他们就拉开了家常。要提这段往事，还得从三十多年前说起。

20世纪60年代，来自山东的李仁军被分配到一家“国营”企业，由于人生地不熟，所以很少跟人说话，倒是王芸凤经常跟他打招呼，并且有一次还张罗着给他介绍对象，但是那时候李仁军根本没有谈对象的想法。那年冬天，李仁军接到了家里的电报，说母亲病重，让他火速回去。李仁军知道家里穷，母亲生病，肯定连住院的钱都拿不出来。可是自己基本上没有攒下什么钱。他左想右想不知道该向谁张口，这个年月，谁家里都不好过，工人一个月的工资也就十来块钱。要是被人家拒绝了，面子上还真过不去。不过不借又不行。否则老娘怎么办？他就硬着头皮向两个自认为关系不错的同事提出来借钱，但是在预料之内，甚至连借五块钱都被人家找理由拒绝了。后来他就想到了王芸凤，鼓起勇气来对王姐说明了情况，提出想借二十块钱。王芸凤略微沉思了一下竟答应了，她让李仁军等着，然后自己回家拿。李仁军等了很久，王芸凤才把一个红布兜递给李仁军，说："存折在里面，你自己到银行里去取吧。你要是急，把存折放在银行一个姓董的熟人那里就行了。"李仁军很高兴也很激动，于是取出钱后，就连夜坐火车回家了。

这钱起了大作用，回到家里后，母亲已经快不行了，他赶紧把母亲从公社医院转到县医院，经过抢救，总算转危为安。他又买了些营养品，母亲的病稳定了下来。但是家里实在离不开人，父亲去世得早，弟弟还在上学，他一下成了家里的主心骨，母亲拉着他的手死活不让他走了。虽然那时候找个正式的工作不容易，但面临着这样的情况，他也只好忍痛放弃了。于是给单位写了一封信，就没有再回去。这期间，他也经常想起借的这笔钱，但无奈自己入不敷出，所以也就搁下了。

这不，今天他千里迢迢来到这里就是还这笔钱的。世事沧桑，原来的年轻人都已经快六十岁了。中午，李仁军在县城里最好的饭店宴请了王芸凤一家。王芸凤说："来到我们这里了，还让你请，这说不过去。"李仁军说："大姐，你给我一次补过的机会吧。你就不想知道我还有一件对不住你的事情吗？"这下，王芸凤疑惑了。在席上，李仁军说出了事情的真相。

原来，当初李仁军到了银行，打开布兜的时候，不光有一个二十块钱的存折，还有卷在一起的二十块现钱。这一定是王姐没有检查就拿来了。他不禁犯了难。由于银行离单位很远，自己又是步行来的，再返回去还钱要耽误很长时间，也耽误自己坐火车。交给银行里的熟人吧，又怕说不清，心想反正过不了多久自己就会回来的，于是就把那二十块钱也带回了家。

用二十块钱给母亲治好了病，还维持了一家人的生活。另外的二十块钱却出了问题。回家时，为了安全起见，李仁军是把两个二十块钱分别缝到自己的里外两件衣服里面的，回到家里，他取出一个二十块钱，然后把带有另外一个二十块钱的衣服小心翼翼地放在枕头下面。等过了好长时间他要取钱时，衣服却不见了。李仁军说明了情况后，一家人都大吃一惊，因为中间弟弟卖了一次废品，这件衣服到底卖没卖，他也说不清楚。无奈，他只好带了弟弟步行二十多里路到县城的废品收购站去找。但这里的工作人员说原先的废品早就运走了。他们问运到哪里去了，人家说不知道。哥俩不死心，就在像小山一样的废品堆里找，最终也没有找到。他们怕母亲受不了，就只好撒谎说找到了。

在废品收购站的旁边他们看见有个收购酸枣核的地方，原来这东西可以入药。于是两个人有空就到山上去摘酸枣，经常把手扎得皮开肉绽。

中学毕业后，弟弟回到家里。这已经是 20 世纪 70 年代末了。他可不是个安分的主儿，经常算计着鼓捣个啥事情。也不知道听谁说的，炼铁可以挣钱。那时候不敢弄啊，上面查得紧。可是弟弟却天不怕地不怕，说："只要咱偷偷地弄，没有谁会知道。"于是也不顾大家的反对，真的搞了起来。白天到外地走街串巷收购废铁，晚上在家里拉上帆布偷偷地干。

也是很凑巧，在拆除家里的土炕时，李仁军忽然发现了掉进土坯缝隙里的那件衣服。他大喜过望，迫不及待地拆开衬子，二十块钱还好好地在里面，简直就像捡了二十块钱啊。于是他破例买了两斤肉，全家人改善了下生活。还剩下十八块多。正当他盘算着要把这个钱邮寄给王芸凤时，弟弟却说买设备和收购废铁还差些钱。于是就软磨硬泡非要这十八块钱。先是说借，后来又说："哥，你把这钱给我吧，这个厂子就算咱俩的。"并说道，"哥，你要不给我的话，我实在办不下去了，该借的地方我都接到了，现在我是一分钱也拿不出来了。你就忍心看着我关门，半途而废吗?"他不是不想给，而是他一直为弟弟干的这件事提心吊胆。光怕被上面查到，弟弟会吃亏。但是最后实在抹不开了，想想弟弟起早贪黑，真停工的话，也太可惜。他就把这钱给了弟弟。上了设备，很快就见了效益。没过多长时间，国家就有了新政策，个人可以开厂子了。靠着原先偷偷摸摸干时攒下的钱，弟弟又扩大了规模。这在当地引起了很大的反响，弟弟被当作典型进行报道和扶持。弟弟也没有食言，签了协议，跟哥哥合伙经营这个厂子。后来厂子又经过几次转型，现在已经是全市乃至全省的知名企业了。不过后来他从里面退了出来，用一部分资金成立了一家旅游公司，在当地旅游行业占据了很大的市场份额。

听完李仁军的讲述，大家都惊叹不已。二十块钱救了一条命，二十块钱又救活了一个厂子，发了大财。这真是奇迹，来自泰山脚下的奇迹。

李仁军说："大姐，我现在可是负荆请罪来了，我知道给了我四十块钱，你家里肯定就揭不开锅了。我可是犯下大罪了。"说着站起来恭恭敬敬地鞠了一个躬。

王芸凤却不紧不慢地说："其实，那个二十块钱现金我是故意放进去的。"李仁军和其他人都禁不住一愣。王芸凤说："我当时再留下这二十块钱就是祸害。这个原因，小光也知道。”这时，坐在一旁的王芸凤的小儿子小光说：“我那时候也就刚记事，记得在家里爸爸跟妈妈经常打架，我爸是一顿饭也离不开酒，没有酒喝就闹事。”

王芸凤接过话茬说：“其实你爸爸他是个好人，都是当年建厂房时，气温低，为了赶进度，被凉水泡坏了腿，成了关节炎，他就离不开酒了，可是医生说他要是再喝酒，身体其他地方都要出毛病了。我就想办法让他戒酒。可是根本做不到，我听不得他那哀求的声音，所以只要家里有钱，我就忍不住给他打酒。后来，你说家里有病人，我就想你肯定急需要钱，留在家里喝掉还不如借给你。所以思考再三，就把家里仅剩的二十元钱也给了你，当时太急没有告诉你。家里没钱了，他再求我时，我就有理由不给他买酒了。我们每月的工资他都知道该怎么花，除了拉扯孩子，还要给他老家里寄。慢慢地，他的酒就少了，所以啊，想想也多亏把钱都借给你。”说到这里，王芸凤眼角里竟闪动着泪花，小光赶紧帮妈妈擦了擦。

不过王芸凤没有说的是，后来她对丈夫说那二十块钱自己不小心弄丢了，换来的却是丈夫的一阵毒打。

李仁军小心地问：“刘大哥后来怎么了呢？”王芸凤说：“他最终的死还是跟酒有关系。由于喝酒年岁太长，他的肝出了问题。”

现在王芸凤一家生活得很一般，原来的单位早就破产了，两个儿子一个开出租，一个开了家打印社，都是惨淡经营。

第二天，李仁军提出要求，要带他们到泰安去旅游。王芸凤一开始不愿意，怕给李仁军添麻烦。李仁军笑着说：“咱就是开旅游公司的，添什么麻烦啊。”王芸凤这才同意。

来到山东泰安，李仁军极尽地主之谊，把王芸凤一家照顾得非常好，这是王芸凤一家人第一次来泰山，都感觉到泰山的确太壮美了。两家人在一起玩得很开心。但是后来，王芸凤小心翼翼地问李仁军：“你老伴呢？”李仁军说：“她前年生病去世了。”

不过，李仁军的女儿却发现了问题，就是老爸对王阿姨有种说不出的感情，她就灵机一动，何不成两人之美呢？她把自己的想法先说给王芸凤的两个儿子，他们一听，也有这个意思。后来在他们的撮合之下，两人真的走到了一起。其实，是王大姐的豪爽和乐于助人感动了王仁军，而王仁军的情义也最终让王芸凤的感情有了归宿，这也成了一段真正的佳话。

绿色当家

张远航小两口做事活络，在别人看来就是爱折腾。他们在市里的繁华地段经营一家大型火锅城，名字叫“老中青火锅城”。那真是人满为患，有时候连座都订不上，生意好得不得了。

他老爸张老万那可真是让每个人都很佩服，有眼光有魄力有水平，在国家刚刚放开让单干的时候就开始涉足生意，经营得火锅店有声有色。

可是自从儿媳妇刘晓宇进了家门，张老万就感觉到事情有些不妙。因为这个刘晓宇长得漂亮是真，但是也特爱折腾事。比如，老是嚷嚷着要对火锅城进行改革什么的，还对她的老公张远航吆五喝六的。这让张老万很是后悔，当初是自己看着这个女孩长得端庄大方，知书达理，就劝儿子跟她结了婚，并很快把管理大权交给他们小两口，期望火锅城在他们手里能壮大。可是现在引来了一串麻烦。

张远航向他汇报，说火锅城效益开始下滑。他认为这没啥大不了的，也许是受季节的影响，只要等挨过这段时间就好了。但是刘晓宇出口惊人：实在不行，就关门。听到这句话的时候，张老万正在吃饭，他的心本能地哆嗦了一下，感到血压有点提高。这可是他的命根子啊。

刘晓宇雷厉风行，说干就干，在跟张远航分析了一番之后，要对火锅城动大手术。她说之所以现在效益下降，是因为周围上了几家火锅城，还有几家正在筹备，而且旁边开了一家麦当劳，肯德基也正在装修房子。等这几家开了，火锅城的效益还会下降，未雨绸缪才会立于不败之地啊。

刘晓宇对张老万说：“爸，您老也别管了，要相信我们会越干越好。您的任务就是颐养天年。”经过这么长时间，张老万已经对这个儿媳妇失去了信心，并且也懒得跟她说话了，甚至有些反感。有事情他只会跟儿子沟通，可是儿子根本就是扶不起来的阿斗，屁大的事都要跟老婆商量。张老万虎着脸，一言不发地坐在沙发上，手里的健身球被搓得吱吱响。

刘晓宇把张远航拉到电脑跟前，让他看一部刚刚下载的电影，是一部美国纪录片，名字叫《超大码的我》，讲的是主人公靠吃麦当劳食品，最后差点暴毙的事情，里面讲了世界上最大的快餐公司是怎样养动物的——在很狭小的地方养了好的家畜，所以内部很脏，好像在粪尿中生活，牲畜发育越快越好，生病越少越好，所以它们都被喂了许多抗生素和增强剂，食品中还用了很多糖。影片中还做了个实验，将麦当劳的薯条放在房间桌子上，三个月后，薯条竟然没有坏掉！所以影片告诉人们要远离快餐，远离啤酒咖啡和可乐这类饮品。

“那我们怎么办?”张远航问。“我们要做绿色食品!”刘晓宇斩钉截铁地说。“你的意思是我们要放弃火锅？如果那样的话，我坚决反对!”这一次张远航跟老爸站在一起了。刘晓宇也不生气，耐心地跟张远航做工作，最后竟然把属于自己的那部分财产都拿了出来，说道：“如果赔了，我就走人，这些都归你。”话已至此，他也只好答应。经过这几年的实践，听老婆的还真没有失败过，这一次也冒一下险吧，说不定真能成呢。至于老爸那边，他想说服。于是他战战兢兢地站在老爸旁边，说：“我们的意思是要战胜洋快餐，让老百姓过上幸福生活。”老爸大声呵斥道：“说得好听，你们能做出什么高级玩意来？我不管了，你们折腾吧，不过我有言在先，如果做不成，你们一家三口给我卷铺盖卷滚蛋!”

火锅城关门装修的那天，张老万在从沙发上一头栽了下来，被紧急送到医院，医生说血压快高到峰值了，赶紧输氧气。醒过来了的张老万听着氧气瓶里冒泡的声音就像是火锅里发出来的咕噜声，他禁不住老泪纵横。

还是儿子理解他，劝慰道：“老爸，你有什么话别闷在心里，说出来好受些。”张老万扭过身去，把个冷屁股对着他。一旁的老伴说：“孩子，你爸就想保住他的老中青这个牌子。”张远航不假思索地说：“行，这没有问题，无论我们经营什么，这个牌子不能换。”老妈压低声音说：“你老爸手里有一个做丸子的秘方，他还拿不准是否要传个你呢。”张远航以前倒是听老爸谈起过这件事，说要不是经营火锅的话，光这个丸子秘方也能独当一面。

可是等新店装修好，张远航把拍好的照片拿到张老万的面前时，他还是惊呆了，只见店门口的两边挂着鎏金的两块牌子，左边写着：难忘老中青，右边是：专注下一代。上面中间最显眼的地方是“绿得迷”三个字。好在经过治疗和静养，现在血压已经正常了，否则说不准还得出乱子。张老万这才知道，他们两口子是要经营以小孩为主的特色饭菜。他禁不住轻蔑地“哼”了一声。

刘晓宇在电视上和报纸上做广告大张旗鼓地招聘了好几位做特色菜和绿色食品的厨师。后来又请来记者，看店里的食品到底是什么样的。只见凉拌的，蒸的，炒的，煎的，烤的，一应俱全，拿起了品尝一下，香的一香到底，酥的从里到外，唯独没有油炸的。绿色食品嘛，拒绝油炸。别说小孩了，就是大人吃起来也是难舍难分。接下来，刘晓宇就是准备开业了，她独辟蹊径，把儿子一个班的小孩和他们的家长都请来吃，吃完后，还拉着这些人到郊区，原来她在这里开了一个绿色供应园。店里用的原料都是在这里种植出来的，不施化肥，不打农药，纯天然种植。

这些小孩的家长来自各行各业，在城市的各个部门，是很好的宣传者。所以，还没有正式开业，“绿得迷”已经是家喻户晓了。开业这天，更是热闹非凡，顾客盈门。一个月下来，回头率这个指标一直很高。初战告捷，张远航和刘晓宇这才把张老万请到店里，请他提出宝贵意见。张老万围着桌子转，在盛着丸子的盘子跟前，他停下来，拿起筷子夹起一个，放进嘴里，一尝，不禁皱起了眉头。张远航在一旁小声说：“老爸，你，你的秘方何时传给我们啊？”张老万一开始没说话，过了一会儿才十分生气地问：“说吧，你们是怎么弄到我的秘方的？”

刘晓宇把张远航往后一拉，说：“爸爸，这不关远航的事，是我拿的。”“怎么拿的？快说！”张老万虎着脸。

刘晓宇就把大家领到后屋里，打开一个硕大的橱子，只见里面整整齐齐地排着花花绿绿的香烟盒，足有数百个。另一边，是一大堆他用过的药瓶子。在场的每个人都震撼了，尤其是张老万。自己烟龄已经有几十年了，谁劝也戒不了。没想到儿媳妇竟然暗中收集了他这么多烟盒。刘晓宇说：“爸，我们都已经在做绿色食品了，你还不戒烟吗？”

过了一会儿，张老万说：“还是你细心，我的秘方在烟盒上写得这么小，还是被你发现了。”说着，把手里刚刚点着的一支香烟，使劲掐灭了。他心里暗暗地想把店交给这样的人，看来还是很有前途的。

迟到的爱情来报道

梁伟是来自农村的大学生，自从进了大学他一直是靠自己的努力来解决学费和生活费的，所以他感到很吃力，因为他每月还要寄回些钱给在上高中的妹妹，除了努力学习，他还要考虑打工挣钱。

大二的时候他认识了刘飞飞，一个漂亮，心地善良的女孩。那天，本系的女生宿舍要进行调换，班主任号召男生自愿去帮忙，由于是周末，很多男生去逛街了，只有刚刚打扫完学生餐厅的梁伟和另外几个男生去了。干这点力气活对于梁伟来说就是小菜一碟，他一趟一趟地搬运被褥。忙完要离开的时候，看见远处有个女生正吃力地搬着一个皮箱。他就跑过去帮忙，皮箱并不重，但对这个有些瘦弱的女孩来说就不轻松了。“谢谢你。”女生很感激，说自己叫刘飞飞。梁伟笑着跟她谈了一路，搬完箱子，眼看吃饭的时间已经到了，由于离男生宿舍较远，如果梁伟回去取饭卡的话，就错过晚饭了。所以刘飞飞就提出来请客，他们就这样认识了。

他们在一起学习吃饭。梁伟做了份家教，有时候回来得晚了，刘飞飞就给他打好饭。后来他们一起卖电话卡和无线上网卡，他负责男生宿舍，她负责女生宿舍，然后聚在一起数当天赚多少钱，并盘算着该留多少，该给梁伟的妹妹寄回多少。他们一直互相照顾，买个苹果，也总是两人分着吃。有天晚上，都快十点了，两人才回来，小卖部都关门了，只有一包方便面，刘飞飞说：“你吃吧，我刚才在外面已经吃了东西，一点也不饿。”梁伟只好自己嘎嘣嘎嘣地干吃。等刘飞飞回到自己的宿舍，梁伟的电话就打过来了，说方便面在包里呢。原来梁伟只吃了很小的一块，其他的趁刘飞飞不注意放进她的包里了。刘飞飞的眼泪就不由自主地流了出来。看着刘飞飞跟着自己受罪，梁伟有些过意不去，但是刘飞飞不在乎。两个人的心紧紧相连，爱情的火花越烧越旺。在交往的过程中，刘飞飞感觉到了梁伟的正直、大度和善良，跟他在一块，让她有了一种依赖感和安全感，而梁伟也为认识这个善良的女孩而高兴，并发誓要心疼她一辈子。

转眼到了大四下学期，这天是周末，刘飞飞对梁伟说："今天到我们家去玩吧。"梁伟一点思想准备都没有，本想拒绝，但刘飞飞一下就把他拉上了公共汽车。

倒了好几次车，终于到她的家了。然而梁伟却被眼前的情景惊呆了，这里全是三层的小别墅，每栋别墅前面都停放着小汽车。"这是谁家啊？是你的亲戚吗？"他满腹狐疑地问。刘飞飞笑着说："傻瓜，这是我家啊。"他想退缩，但最终还是进去了。

尽管刘飞飞的家人对他相当热情。但还是让梁伟有了一种难以逾越的距离感。

到了晚上，刘飞飞的爸爸邀他喝茶聊天。他很高兴地谈了自己的理想，说自己毕业后想创业。刘飞飞的爸爸先是赞许地点点头，然后严肃地说："你理想远大，我很欣赏，可是飞飞将来要出国，你们在一起是不合适的，所以我想让你主动放弃这段感情，你知道吗，为了你，飞飞做出了很多牺牲，我们一直想培养她的独立意识和节约意识，所以给她的钱比较少，没想到很多都贴补到你那里了。当然，如果这件事情你处理的好的话，我们会考虑给你一定的补偿。"梁伟抬起头，看了一眼刘飞飞的父亲，犹豫了很久，然后说道："叔叔，谢谢你的好意了，是我欠飞飞的太多，你放心，我知道该怎么办。"回来后，梁伟像变了一个人，总是躲着她，即使偶尔见面了，也总是顾左右而言他。这让刘飞飞很不理解，问他怎么回事，他只是懒洋洋地说自己不舒服。刘飞飞给他买了很多好吃的，可是梁伟却对她说："飞飞，我们不合适在一起，还是分手吧。"刘飞飞瞪大眼睛，忙问："为什么，是不是我父母给你说什么了，可是上次的时候，他们还夸你呢。"

梁伟说："不是，他们没有跟我说什么，只是我们的性格不合适。"刘飞飞简直就要哭了，"你撒谎，这只是你的借口。"梁伟回答："我也是最近才感觉到的。跟我在一起，你不会收获什么幸福的。"无论他怎样解释，刘飞飞就是不相信，像疯了一样，每天来找他，却发现他的目光和言谈里更多的是一个叫李艳的女生，一个各方面很优秀的女孩。

马上面临毕业了，这天刘飞飞收到了一封信，打开一看，却是梁伟写给李艳的。她想一定是他粗心装错了。出于好奇，她读了里面的内容，全篇就是表达了对李艳的爱慕，并列举了刘飞飞的一些缺点，信的最后竟然是向李艳求爱。

刘飞飞几乎崩溃了，对梁伟的最后一点希望随着这封装错了的信而烟消云散了。她再也没有找过他。

后来，梁伟在当地城市里找了一份比较满意的工作。为了让自己忘掉过去的一切，他拼命地工作，业绩非常出色。半年后的一天，他收到了一封信，是同宿舍的好朋友李栋寄来的。李栋落脚在南方的一个大城市里。在信里谈了自己的工作情况，并附有自己新办的手机号码。

梁伟就打过去，没想到李栋却用低低的声音说："哥们，我在听一个报告会呢，不方便通话，发信息吧。"

一会就有一条信息过来了：哥们，听说你混得不错啊。怎么样，跟李艳处得还好吧。大家都等吃喜糖呢。

梁伟一笑，回信息：你混得也很好啊，都成主管了，祝贺了。你小子别逗我了，我跟李艳哪有的事啊，都是骗刘飞飞的。

李栋的信息：你家伙太不仗义了，人家刘飞飞对你那么好，为何还要那样对人家啊？

梁伟就在信息里把事情的来龙去脉告诉了李栋。

李栋回信息：那你现在对刘飞飞还有感情吗？听说她出国了。

梁伟说："她是这个世界上最令我牵挂的了。当时我也是没有办法，否则也不会那样。我不能耽误她一辈子。"

发完信息，梁伟的情绪很久都还是非常低沉的。他的思绪又回到了跟刘飞飞在一起的快乐时光，不禁潸然泪下。又过了半个多月，在一个周日，梁伟接到了李栋的信息，说可能会去他所在的城市出差。梁伟说好啊，他会好好地请李栋一顿大餐。

李栋回信说：哥们，说话可要算数啊，就宰你一顿。今天这顿大餐看来我是吃定了。

梁伟说自己在公司加班呢。这才回过神来，忙打过电话，但是李栋没有接，梁伟只好回信息：哥们，你真的来了？边说着边向外走去。

等他出了公司的门，在广场上并没有看到李栋那胖胖的身影。与此同时，他的手机又来信息了：我就爱吃玉米虾。

他的心一震，这才看见旁边一个背对着他的女孩。女孩转过身来，灿烂地笑着。天哪，梁伟几乎就要叫起来，是刘飞飞！他擦了一下自己的眼睛，没错，正是刘飞飞。“怎么是，是你？”

刘飞飞嗔怪道：“不欢迎吗？”梁伟蒙了，“你是从哪里冒出来的？怎么用李栋的手机啊？”

刘飞飞笑道前仰后合：“怎么，你以为就你聪明吗，当初用信骗我，就不允许我用手机骗你一回啊。”说着就扑了过来，在梁伟的肩上捶打起来。梁伟紧紧地抱住她，像是生怕她再跑了一样。

她告诉他，自己并没有出国，没有他的日子里，她几乎什么都干不成，所以一直在寻找他。当她得知了事情的真相后，跟家人大闹一场，现在无论他们怎样反对，也不会再离开他了。看着梁伟不住地点着头，刘飞飞的眼泪夺眶而出，并顺着脸颊流下，湿透了彼此的衣服。梁伟直到那时还像做梦一般。

过了一会儿，梁伟小心地问：“那你还出国吗？”刘飞飞回答道：“也不一定，你要是不对我好，说不准就走了。”梁伟抱着她坚定地说：“如果这样的话，你这一辈子，就别想出国了。”刘飞飞打了他一下说：“不看广告，看疗效。傻瓜，还不赶快请我去吃玉米虾。”

梁伟几乎是一路扛着她去了饭店。

抠字眼的小女孩

天东医院是省城里最出名的医院。不过，内科主任严继伟却因一起医疗事件被媒体曝了光。医院顶不住各方面的压力，就把他暂时停职了。临走的时候，院长拍着他的肩膀说："你是咱院里的顶梁柱，医院不会不管你，先委屈一下，等风声一过再回来，还干你的主任，而且这段时间你的一切待遇不变。"

难得清闲，他本想操笔写篇论文，可是坐在电脑前面根本就没有灵感，满脑子里都是报纸上那些刺激人的字眼。老婆劝他还不如好好放松一下，于是他就每天早晨到离家不远的公园里去玩。不过，他总感到有人对他指指点点的，有熟人见了他，也只是点头打个招呼，彼此多了些尴尬。这几天，他感到有个女孩一直跟着他，每次都是到他家门口的时候，女孩就扭头离去。他不明白，甚至有点担心，莫不是患者的家属要找茬？第二天，他本不想再去公园了，可是早饭后感到有点头晕，于是就又走到了公园里来。为了避免不必要的麻烦，他干脆戴了顶太阳帽。

还是那个女孩，在后面跟着他，他有点恼怒，等女孩走靠近自己时，他猛一个转身，"你是干什么的？为什么老是跟着我？"把女孩吓了一大跳。他这才认真打量起来她来，顶多也就是八九岁，一双大大的眼睛，扎着两个小辫子，很可爱，只是脸上有点脏，穿的也不怎么样。小女孩镇定了一下，大着胆子说："对不起，伯伯，我想对您说一句话好吗。""什么话你说吧？说完了快走！"小女孩说："我就是想说您是一位好医生。""哦。"严继伟一下来了兴趣，他很久没有听到别人当面对他的评价了，而且还是这样好的评价，尽管站在面前的只是一个孩子。"你怎么知道我好的啊？"他问。小女孩忽闪着大眼睛回答："当然是凭我的观察和理解。"严继伟刚想往下问。小女孩却有些沮丧地说："我妈妈要是摊上您这样的好医生给治病就好了。"

"你妈妈是什么病？她在哪里？"一听这个，小女孩顿时很伤感，"我妈妈肚子不大好，没钱治病，只好在家里躺着。"问清小女孩的住处，原来离这里不算很远，他想自己反正闲着也是闲着，不如去看看，也算是给自己找点事干。小女孩一听高兴地跳了起来，于是在前面带路。

一路上小女孩说自己叫姚欣欣，跟爸爸妈妈来这里打工已经三年了，这段时间爸爸回老家处理房屋拆迁的事情了。这里只有她跟妈妈。这一片棚户区他是知道的，住着很多来城里打工的人。来到出租房里，几乎可以用"家徒四壁"来描述。除了一张吃饭的小桌和三把小凳子，就是两张床，上面的被褥破烂不堪。在一张床上躺着的一个女人，不用说是姚欣欣的妈妈。见有人来，她忙坐起来打招呼，声音很小。严继伟发现她脸色蜡黄。欣欣高兴地对妈妈说："妈，这是我跟您请的医生，他可好了，一定能治好您的病。"

欣欣的妈妈睁大了眼睛，严继伟看见是充满希望的眼神，他自我介绍说："我是一个大医院的医生，这段时间在家休假，你要是信得过我，就让我给你瞧瞧，放心，我治病不是为了钱。"

"不为钱？"欣欣妈妈赶紧缩进被子里，满腹狐疑。欣欣赶紧过来解释："妈，我在路上都跟叔叔说好了，他可以利用休班的时候来给您治病。真的不为钱。"严继伟也说："要是为钱，我会为你治病吗？"说着瞄了下房间里边。欣欣妈妈这才说："不为钱的医生哪里还有啊？不过你不为钱就好，也没有什么不放心的，连大医院都没有办法。我都是快死的人了，治好了算我命大，治不好就当你练练技术。"说着就剧烈地咳嗽起来。

严继伟详细问了她的症状，并要欣欣找到以前的病例，欣欣一阵好找，最终也没找着。严继伟做了从兜里拿笔的动作，然后又兀自笑了。要是在医院里，这时他会开各种化验单和检查单了，没办法，现在只好凭技术看了。这根本难不住他，他是谁啊？名牌医学院毕业的高材生，大学里的客座教授，吃政府特殊津贴的专家。通过了解和观察，他已基本判断病人是肾结石。然后，他又用手摸了患病部位。"在大医院里医生也说是肾结石。可怎么就治不好呢？"欣欣妈妈有气无力地说。"伯伯，我妈妈需要做手术吗？"欣欣焦急地问。

严继伟说："可以先吃药看看。"说着就向小姑娘要了笔和纸，然后递过去说，"拿着这个到药店里卖药就行了。"

欣欣问："伯伯，这药贵吗？"严继伟愣了一下，说实话他还真不知道这种药的价格，因为他好些年都不开这种药了，不过在他知道这药的效果很不错。他说："算了吧，不用你买了，明天我来的时候捎来吧。"然后他又嘱咐了下注意事项就走了。

第二天，他出来得很早，有事可干，他感觉到一种充实和快乐。他先到外面去买药，药店里还真有，不过价钱便宜得让他瞠目，每盒竟然不到四块钱。他又配了个药方，抓了几服中药，骑上自行车来到欣欣家里。让欣欣妈妈吃了药，然后又教欣欣怎样熬中药。"伯伯，您真好，要是大医院里的医生也像您这么好就行了。"严继伟说："我就是大医院里的医生啊，绝大部分医生都是很好的。"两个人越聊越投机，跟老朋友一样了。在这样的环境下给人治病，让他想起了小时候在农村老家看病的情景。那时全村里就一个赤脚医生，谁家有了病人，赤脚医生就会背着药箱子去，打个小针、吃几片药，有时连钱都不要。几粒药片，一个小针，勾起了他美好的回忆。也就是从童年时代，他就有了当医生的志向。

从交谈中得知，欣欣现在上二年级，不过因为妈妈有病，所以上学也是断断续续的。"你是怎么认识我的呢？现在该告诉我了吧？"

欣欣从书包里掏出来一张皱巴巴的报纸，很小心地铺在桌子上，指着上面说："看，这不就是你吗？"严继伟一看，禁不住大惊失色。上面有自己的照片，题目是《医生过度治疗，引起强烈关注》。两个月过去了，这件事情本已经快被自己忘却了。可现在……他有点恼怒和尴尬。

欣欣说："伯伯，我不大明白什么叫过度治疗，但是肯定比那些治不好病的医生要好。我妈妈就是，在医院里住了一个多月，花了很多钱，病都没有治好，还更厉害了，所以我宁肯让伯伯您把我妈的病治疗得'过'一点，千万别让我妈妈这么难受了。"

听了这话，严继伟连哭的心都有。当初，为了完成院里下达的指标，当然也为了从医药代表那里拿到丰厚的回扣，他带领全科室的人，想方设法从病人身上"挖金"。

他扭头看欣欣的妈妈已经睡了，于是就匆匆地把报纸折起来放在了自己的口袋里。

经过一段时间的治疗，欣欣妈妈的病有了好转，生活可以自理了。欣欣很高兴，这样她就有时间上学了。严继伟又实时地加了几样西药，根据他的判断，到了这个阶段中西医结合效果最好。

欣欣妈妈能下床了，她做的第一件事情就是“扑通”一声给严继伟跪下了，说道：“谢谢您医生，您救了我的命，帮助了我们全家。我都不知道该怎么感谢你，而且拿药的钱都是你付的，你放心，等孩子他爸爸从老家回来，我一定给还给您。”严继伟赶紧说：“钱你们不用还了，也没有花多少。就算我帮助你们的。欣欣是个好孩子，你们一定要让她好好上学。”

从欣欣家里出来时，他偷偷留下了两千块钱，但他仍心绪难平。从口袋里掏出一本病例，这时前几天他偶然从欣欣家的桌下面看见的，打开一看，惊呆了。他万万没有想到，半年前就是在自己的医院，自己的科室治的病，住了将近一个月的院，花了一万多。正当科室准备对症下药的时候，他们却自行出院了。

正在这时，院长打来电话，告诉他说风头已过，明天可以来上班了。严继伟犹豫着。院长有点急了：“你该不会压力还这么大吧？放心，天大的事情，院里帮你顶着。”严继伟说出了自己的条件：想让我继续上班也行，但是不能再给科室下任务。

他打算把那份病例永远保留着，时刻提醒自己：医者仁心。

我们是朋友

村里人都说杨猛有福气，交了个城里的有钱人做朋友。

祸从天降有人帮

说起杨猛的这个朋友，还得追溯到两年前的那个夏天。杨猛和老婆开着三轮车进城卖西瓜，不小心翻进人工湖里，幸好人没有下去，但是老婆还是被摔得昏了过去，他抱着浑身是血的老婆慌了手脚，场面让人看了心酸。正在这紧要关头，过来一个四十多岁的中年人，二话没说，就打了120急救电话，并一同陪他到了医院，办完手续，临走又留下2500块钱，说："兄弟，先用这救救急。"杨猛感动得不知如何是好。说："大哥，改天我再还你。"

老婆很快脱离危险，住十几天院就回家了。杨猛一直想着还账的事，可是要还这钱也不容易，一是老婆住院用了个精光，再就是，他是头一年尝试着种西瓜，那天是借别人的三轮车，光赔车就要三四千块。

一年后，靠着自己的勤快，好不容易凑齐2700块钱，他要连利息一块还给恩人。于是他就带了钱和一些特产来到城里。可是偌大的城市到哪儿去找恩人呢？都怪自己当时连个名字都没有问。不过他记得那人好像是从一家移动公司跑出来的，还穿着蓝色制服。他就凭着记忆抱着试试看的心情来到那家移动公司，果真见到了那位中年人，直到这时他才知道恩人名字叫刘健。

刘健先是一愣，他早把这事给忘了。待杨猛说明来意，他笑着说："兄弟，听到你的妻子没事，我很高兴了，钱你就拿着用吧，我就没打算要你还。”杨猛哪能愿意呢，当初人家帮了自己已经是很大的人情。于是他就执意把钱塞给刘健，不要利息也不行，说：“大哥，你是好人，俺一辈子也忘不了你。”刘健哈哈一笑：“没有这么严重，我那天也只是赶巧了，尽微薄之力，不值得再提。”他们拉扯了好长时间。没办法，刘健只好收下。中午刘健请杨猛吃饭，两个人谈得很投机。杨猛还邀请刘健到他家去做客。

渐渐地，刘健就把这事给忘了。杨猛却是经常打电话说：“大哥，在城里待久了，周末休班时候来乡下透透气。”盛情难却，后来刘健果真就来了，开着一辆微型轿车，惹得村里许多人来看。刘健打量着杨猛家的房子，四间瓦房已经有些破旧，看来是盖好多年了，并且偏房屋和大门还没有盖，这在农村是不多见的。杨猛把家里养的一只大公鸡给炖了，又杀了一只兔子，他要好好款待一下远方来的朋友。刘健说：“还让我常来呢，不怕把你吃穷啊。”杨猛说：“这都是自家养的，没啥本钱，你吃不穷俺。”

吃饭的时候，刘健问：“兄弟，我在路上看见你们这儿家家户户养着奶牛，收入怎样啊？”杨猛说：“好着呢，如今牛奶销路不用愁，提前签好合同，定点收购，只赚不赔。”

“那你怎么不养几头啊？”这时杨猛的老婆正好端菜上来，叹了口气说：“大哥，不瞒你说，我们也想养，可是本钱太大了，弄不起啊。”

刘健问：“多少钱一头？这东西养少了没多少效益，要养就得多养些，钱我来出。赚了是你们的，赔了是我的，你们看怎么样？”

杨猛赶紧说：“不行，大哥，这可不是闹着玩的，本钱太大了。”

刘健喝了几口酒说：“既然认了我这哥哥，就不要见外了，这事就这样定了。”

刘健回到城里没多久，就运来了水泥和砖，他要先把牛圈盖起来。杨猛没想到他会来真的，激动得不知道说啥好。

很快，六头健硕的高产大奶牛被运了来。这些奶牛全是刘健出大价钱从外地买来的，他对杨猛说：“兄弟，下面就看你的了，挣了钱赶紧把偏房屋和大门盖起来。还要攒钱给孩子们上学用。”由于杨猛哥哥家也养着奶牛，他经常去帮忙，对养牛不外行，所以很快就见了效益。

这其间，刘健经常在周末来玩，怕给杨猛增加负担，有时就带着酒菜来，这个时候也是杨猛一家人改善生活的日子，这让杨猛两口子感觉很过意不去，就劝他说："大哥，你要再带东西，俺可就不让你来了。"说归说，由于刘健说话风趣，又有见识，经常给他出些点子，渐渐成了他的主心骨。刘健来这儿游山玩水，享受乡村的一派美景。然后就让杨猛陪他喝几杯，说说心里话，过得很惬意。

朋友不幸染病

可是后来，刘健来的次数越来越少了。杨猛问他原因，只说工作忙。再往后，干脆就不来了。杨猛打了几次电话，不是关机就是不接，这可把他急坏了。刘健好像消失了一样，竟然一个多月没有音讯。杨猛坐卧不宁，每天象少了什么一样，有几次干活竟然出错。他决定坐车到城里去找刘健，看看到底发生什么事了。到单位一打听，让他大吃一惊，原来刘健生病住院了。他简直不敢相信自己的耳朵，刘大哥这么结实的身体怎么会生病呢？他就匆匆赶到医院。刘健躺在病床上，输着氧气。这才多久没见，杨猛已经快认不出他来了，瘦瘦的，面色苍白，眼窝深深地陷了下去。杨猛一阵辛酸，哽咽着说："大哥，你生病怎么不告诉我一声啊。"刘健只是微笑着向他点点头，他连说话都很吃力。

后来刘健妻子把杨猛叫出来，告诉了他真相。刘健患的是尿毒症，已经到了晚期。如果不实施换肾手术，恐怕支撑不了多久。杨猛的眼泪就哗哗地流了出来。刘健妻子还说，目前有两个困难，一是肾源难找，一个是手术费用。因为这个手术下来至少得四十多万。而家里目前只凑了七万多。加上单位许诺的八万元，还差得很远。她说："我们两个虽然工资不算低，可孩子正在读大学，还有，前些天我在收拾他的东西时才发现背着我他还资助了好几名大学生，所以基本上没有什么积蓄。"

杨猛心里一惊，在这之前，包括村里人都还认为他肯定是个大富翁呢。杨猛这样说给刘健妻子一听，她苦笑了一声说："你大哥这人啊，就是太要面子，恨不能让全世界人知道他有钱，最看不惯别人有苦难。见谁有难就想帮。"杨猛说："嫂子你别说了，大哥是好人，他也帮过俺，你放心，天塌下来有俺顶着。如今你们有困难，俺一定会尽力相帮的。俺想让大哥用俺的肾。”“这倒不用，我们正跟医院一道联系呢，再说也不一定匹配。”

杨猛就偷偷找到医生，说明来意后，医生很感动，就给他做了个化验，可结果很遗憾，不匹配。他很难受，也许这是自己唯一能有希望帮助刘大哥的。

回到家里，杨猛总是唉声叹气，老婆就说：“要不咱们再借点？”杨猛想了想说：“不，不借了，要借也借不了多少。”“那怎么办啊？”妻子问。“干脆我们把奶牛卖了！”“你疯了吗！”妻子大声说道，“我们日子刚有点起色，两个孩子上学，盖房子和大门全指望着它们了。”杨猛坚定地说：“那也得卖，人家刘大哥当初是怎样对咱们的，你忘了？”老婆也就不再说什么。她知道他认准了的事无论如何也得干到底。第二天，六头奶牛就被村里人买去了，虽然由于急着卖，价钱并不很理想，毕竟凑了五万块钱。当然这离手术费还差好多。

还好，这几天关于刘健资助贫困学生自己得病住院的消息被记者知道了，登在报纸上，还有人贴在互联网上，反响很强烈，大家纷纷解囊捐助。

杨猛拿着这五万块钱往医院送的时候，正好被守候在那里的记者看见，于是他成了被采访的对象。杨猛就含着眼泪讲了刘大哥如何无私帮助自己的事情。“那你这五万块钱是从哪儿来的呢？”记者问。起初杨猛不想讲，可被问的实在没有办法了，他只好实话实说。于是这一段佳话很快在报纸和网上传播开来，许多人赞扬杨猛有情有义。当然这一切，杨猛并不知道，他没有工夫看报纸，也不会上网。

陌生人的帮助

回到家里，杨猛接到一个男子的电话，是从青岛打来的，问清楚姓名后，那个人问：“你的那几头奶牛卖了多少钱？”杨猛感到很奇怪，就没加思索地回答：“五万块。”那人听了后很爽快地说：“你不能没了生活来源，这样，我来帮助你，你告诉我个银行账号，我给你汇过五万块钱去，你再把你的牛赎回来。”“那可不行，”杨蒙没加思索，一口回绝了，“我们又不认识，你要真想帮助的话，就帮助我刘大哥吧，他现在住院最需要钱。”“这个已经有安排，我们在网上成立了一个爱心联盟，刘大哥的手术费用已经准备得差不多了。”

"真的吗?"杨猛一听很高兴。他虽然不清楚网上的事，但刘大哥这下有救了。在那个人的一再要求下，他把自己在农行里领种粮补贴用的存折账号说了出来。

过了两天，杨猛到银行里一查，果真有五万块，他就全取了出来。可是拿着钱，他又犹豫了，把牛赎回来，确实是他做梦都想的事情，可是他还是牵挂着医院里的刘大哥。刘大哥的病不好，他就没有心思干别的。于是，他把心一横，揣好钱，又匆匆往城里赶去。

到了那儿一问，网友果真筹集到了刘健做手术的费用。而且肾源也已经联系到，手术就定在明天。大家都在为刘健感到高兴。

可是第二天新的情况出现了。手术前的常规检查显示，刘健出现了并发症。手术方案需要调整，而且费用也相应增加。这一情况使大家一下子又陷入了紧张和悲痛之中。杨猛从怀里掏出那五万元，递给了刘健妻子，并说明这钱的来历，在场的人都很感动。但还不是很够。有人提议：要不再到网上发布个消息，让大家继续捐助。刘健妻子却坚决不同意，一来时间来不及了，二来她实在不想再麻烦大家。可谁都知道，她也一点办法都没有，亲戚朋友她都借遍了。

正当大家焦急万分，准备分头行动时，进来一个背着旅行包的小伙子，看上去年龄不大，他说："我叫于晓，是刘叔叔资助过的一名大学生，要不是从网上看见刘叔叔得病的消息，我还以为联系不上他了呢，我现在深圳一家电脑公司工作，有能力帮助一下刘叔叔了。"说着从包里掏出来两万块钱。刘健妻子含着眼泪不知该说什么。

手术进行地很顺利，在重症监护室度过了最初的排斥期后，大家悬着的心才放下。杨猛一直在那儿陪着，刘健能说话了，尽管很虚弱，已经让他高兴万分。由于田里要耕种，加上刘健两口子劝，他才恋恋不舍地离开医院。

在家里，杨猛要从头开始。妻子没有怨他，这样的事情谁都能理解。他已经计划好，先干点小本生意，等有了本钱，还得继续养牛，他已经尝到甜头，这是条致富的好路子。没想到过了几天，杨猛又接到了青岛那个人的电话："杨猛，你是好样的，你把赎牛的钱又给了刘健的事情我已经知道了。这样，你明天到银行去提钱。""去提钱?"杨猛不解地问。"是啊，我们决定继续帮助你，这次我个人出钱给你，汇过去六万元钱，不光赎回你的牛，还能帮你把房子和大门盖起来，不过我这次有个条件。”杨猛问什么条件。“我的条件是必须专款专用，至于刘健看病所欠下的债务，我们已经联系了一位企业家，他愿意全部承担。”杨猛感动地不知如何是好，愣了一会儿才大声说：“谢谢你大哥，你叫什么名字？我以后一定还给你。”“不用问了，我们都是朋友，祝愿你的日子越过越好。”说完就把电话挂了。杨猛拿着电话，眼睛湿润着，感觉像做梦一样。自己只是做了应该做的事情，竟然让别人这么挂念。他感到既幸福又有些不安。

微笑是有力量的

周一下午刚上班，物业经理周锦华办公室的门就被撞开了，严大磊气冲冲地进来了，这把周锦华吓了一大跳，因为严大磊拳头攥得嘎巴响，身上散发着让人难以忍受的气味。

“周哥，我今天来给你告个别的。”严大磊瞪着红红的眼睛说。周锦华跟严大磊还算熟，他是去年下半年来这个小区里租房子住的。由于平时只有他跟儿子生活在一起，自己从事的是又脏又累的砖瓦活，所以几乎没有人理会他。

“怎么，你不在这里住了？要搬到哪里去？哥给你送行。”周锦华问。

“你是要给我送行的，我临死都要拉个垫背的。”严大磊愤愤地说。周锦华心里一紧。连忙说道：“兄弟，你这是怎么了？孩子惹你生气了吧？”严大磊说：“是我的孩子，一大群不懂事的孩子。他们去年拆了我的房子，连个说法都没有，害得我房子没有了，老婆也跑了，我去了好几个地方反应情况，理都没人理我。我再也不能忍下去了。”

“就为了这？”周锦华故作轻松地问。他要先稳住严大磊，并为他倒了一杯水。

“为了这还不够吗？小强在学校里都被人歧视，他成了没妈的孩子，学生还骂他是没有窝的小老鼠。”停了停，他继续说：“大哥，你知道吗，别看我长得凶，可我不想惹事，我最不能忍受的是小强受委屈。都是我这个没有本事的父亲，所以，也无所谓了，我不能看着那些有权有势不给解决问题的人整天幸福的过日子。我痛恨他们！我痛恨所有的人！”严大磊几乎是在咆哮。

周锦华感觉事态有点严重，连忙过来把杯子递给他，说：“兄弟，千万别干傻事，你要有个三长两短的，小强怎么办？他妈走了，你想也让他没有父亲吗？”一句话让严大磊愣了一下，但迅即又咆哮了起来，“我不管这些了，眼不见心不烦！”显然他又把孩子受罪跟拆房子的事情联系在一起了。

过了一会儿，他才稍微冷静下来，缓缓地说：“哥，你不说其实我也知道，去年我来这里租房子时，你就顶着很大的压力，我去了好几个小区，看我这个样子，谁敢收留我啊，你还在水电方面尽量照顾我，所以兄弟心里记着你呢。”

周锦华一听感到有机可乘，连忙说道：“听哥哥一句话，别走极端，你放心在这里住吧，我会继续照顾你，有啥困难跟哥说就行，千万别拿哥当外人。”

严大磊说：“不可能了，我该安排的都已经安排好了，我现在算看透了，像我这种人就不该活在这个世上的！你拦我也没有用，你也拦不住我！”

周锦华问：“现在你打算怎么办？”

严大磊说：“我现在就到规划局找去，估计还是没人理我，那我就不客气了！”说着按了一下自己的裤兜。

周锦华想了想，站起来，从橱子里拿出来一个塑料袋子，然后抖出来一件T恤衫，说：“兄弟，换下你的脏衣服来，我这件刚买了还没有穿过呢，然后到镜子里来，看看你自己，谁说你长得凶了？去年那几家小区之所以不敢租房子给你，是因为你总是没有个笑脸，像谁欠你多少钱似的，我是看着孩子的面才租给你的。”说着也不管严大磊愿不愿意，就三两下把他那身臭烘烘的衣服给脱了下来。然后拿过来一个小镜子给他照，是件白色的T恤，穿上果然精神。

严大磊说：“哥，你对我的好，我记着呢，正好你这件衣服陪我上路。”说着就气哼哼地走了。周锦华拦也拦不住。

走在路上，严大磊感觉今天的天气其实很好，蓝天白云。周围的建筑工地上有节奏地响着机器的轰鸣。他太熟悉这种声音了，他想要不是有这档子事，他会在工地上好好地干活，然后老婆会在家里给他做好饭，儿子在写作业，然后等他回到家里，洗掉一身的泥水，一家人在一起吃饭，再去乘凉。可是现在一切都没有了，想到这里，他又加快了步伐。

然而，很快有个小伙子就追上他，然后回头冲他点点头笑了笑，白色的小虎牙很可爱。

上了公共汽车，一会就有个人笑着给他让座，这在以前从来没有过。他也不管三七二十一就一屁股坐下来。旁边的一个小姑娘也冲他笑了笑。他发现这个小姑娘有点像自己的侄女，复又看去，根本不是，但小姑娘笑得很甜。

到了局门口，门卫拦住了他。他早就打算好了，要是他们不让进，就硬往里闯。他先是装着系鞋带，然后站起来，尽量用柔和的声音说："我进去找个人。"门卫满腹狐疑地问："你找谁，我打个电话请示一下。"严大磊转过身去，装着掏手机，这时背后传来门卫的声音："你进去吧，不过快去快回。"他心怦怦地跳起来，没想到这么顺利。他一路小跑，想马上跑到一个管事的那里去，他甚至想这个管事的人今天再粗暴地拒绝他才好呢，这样的话自己下一步的行动就天经地义了。

推开一个办公室的门，只有电脑亮着，他忙退出来，背后却传来一个沙哑的声音："你找谁，有什么事吗？"他又进去，这才看见沙发上坐着一个上了年纪的人。算了，这个家伙太老了，不划算，于是赶紧找了个理由说走错门了。但老人的话却传来过来："你年轻真好，想不对你笑都很难。"他禁不住一愣，摔门的力气也小了许多。

在另一件写着局长室的宽大屋子里，他没看见人，刚想走的时候，后面却进来一个人，是个女的。大约有三十五六岁。他来过很多次，从来没有见过这个人。他下意识地摸了摸自己的口袋，那硬硬的还在。女的打量了他一下，问："有什么事情啊？"然后对他莞尔一笑。这让他有点尴尬，因为这种笑与他的目的发生了严重的冲突。但他还是恢复了镇定，大声说道："什么事情，还不是来反映我房子的事情！你们到底给办还是不办？要是不办的话，就直接告诉我一声，我就不浪费时间了！"

"你这个同志怎么这样啊，我还不知道事情的原委呢，就发火，别忘了微笑的力量。"然后她自我介绍说姓董，并让他坐了下来。她自己则拿出来一个记录本。

他本来就没有打算把重复了上百遍的事情再说一遍。但是看着面前这个人的认真劲，他又忍住性子叙述了一下。

"好吧，我会把你的事情尽快跟有关的同志商量一下，尽管你这个事情有点复杂，但是总会有办法解决的。"这个答复让他感觉很意外，以前从没有别人这样回答过他，基本上都是一下子就把他给否定了。当然他还是很快找到了破绽，略带不满地说："有关同志是谁啊？该不会又让我等到猴年马月吧。"这个女的也没有生气，而是说："抱歉，我不该用这个笼统的词，但是你要相信我，我们最近在整顿机关作风，并且在清理积压的案子。当然你也要有思想准备，也不一定非要赔偿你，我们会严格按照政策来办事。但是不管怎样会给你个说法。"

"这是真的吗？"他吃惊地问。这是他头一次听到这么具体的答复，"好的，我会继续等的。谢谢你。"他好久没有对人说声谢谢了。女的叫住他问了个让他摸不着头脑的问题："你相信微笑的力量吗？"他茫然地点点头。

出了局大门，门卫冲他笑了笑，他连忙又说了声谢谢。

回到小区，他来到物业办公室，里面没人。他看见了脏衣服已经洗好，挂在衣服绳子上了，天气热，已经快干了。他心里暖暖的，这才把自己身上的衣服脱下来，猛然看见衣服后面的图案，有两个人在笑，上面写着：相信微笑的力量。他禁不住愣住了。再仔细看时，发现这个图案根本不是T恤衫原来就有的，而是绣上去的，很显眼，也很美。

这时，周锦华回来了，看见严大磊，他一下子放松了很多，迫不及待地问道："怎么样，问题反映过了吗？"严大磊把上访的事情说了一遍，然后指着T恤衫问："你是特意让我穿上它的吗？"周锦华说："是呀。"然后告诉了他缘由。原来他是个急性子，脾气暴躁，很不适合从事物业这样的服务行业，以前给他提意见的业主很多，为了限制他，老婆最近就在为他买的每一件T恤衫上绣上这样的话，让别人对他微笑，从而提醒自己得到了别人的微笑就得给别人更多的微笑。

"这是真的吗？"严大磊问道，"那它对你管用吗？""当然管用了，现在已经没有人投诉我了。"周锦华继续说："你喜欢的话就送给你吧。"严大磊看了看手里的T恤衫，边答应着边摸了摸自己的裤子口袋，感觉有些异样，禁不住伸进手去，掏出的却是一个空空的刀鞘。他愣了。"你的刀在这里呢。"周锦华说着拉开了抽屉，把一把磨得铿亮的刀拿了出来。看着严大磊疑惑样子说道："实话说，刚才给你穿T恤衫的目的就是想趁你不注意把你的刀子掏出来。谁想到真正起作用的却是这件T恤衫啊。"

顺手帮一把

刘祺祥和老伴来城里拾荒已经一年多了，平时捡拾了废品他们都是用扁担挑着去收购站卖，不光累，刘祺祥的左腿有残疾，很不灵便，更重要的是挑的数量太小，要来回奔波好几趟。于是他们经常借别人的三轮车用，非常不方便。所以他们最大的愿望就是拥有一辆属于自己的三轮车。

这天中午，在自己帐篷里吃了饭，刘祺祥问老伴："假如我们有了钱，你还想买车吗?"

老伴连想都没有想回答道："你这个死老头子，还用问吗，你不做梦都念叨车吗。"刘祺祥说："那你闭上眼睛，我送你样东西。"老伴说："我才不呢，你能有什么好东西。"刘祺祥也不坚持，就从席下摸出来一个亮亮的黑皮包，在老伴面前晃了晃。"那是什么?"老伴的眼睛顿时亮了起来，紧盯着包。

刘祺祥就小心翼翼地打开包，边说道："你千万别晕过去。"包打开了，露出一叠崭新的钱。"你从哪儿弄来的?"老伴吃惊地问。刘祺祥没有回答，拿出钱点了起来，一共六千块。其实他早就点好几次了。"你说我们干这个的，还能从哪儿来的，捡到的呗。"里面还有许多单据。他们两个都不认得字，也不知道是干什么用的。

刘祺祥说："这是我昨天晚上捡到的。"于是他就把昨天晚上发生的事情讲了一下。

原来，昨晚十点多钟的时候，他在城里的主干道上翻一些垃圾箱，突然，头顶上传来一个断裂的声音，紧接着一个巨大的树枝就砸了下来，一下子把刘祺祥盖住了。正在他手足无措时，一只手伸了过来，将他身上的树枝挪开，又把他从地上拉了起来，刘祺祥这才看见是一个小伙子，他另一只手里还拿着手机。刘祺祥正想表示感谢，小伙子已经在跟别人通话了，然后就钻进路旁的一辆小汽车里开走了。刘祺祥一瘸一拐的，就在经过刚才停车的地方时，他忽然看见地上躺着一个黑色的皮包。

“是那个小伙子的？”老伴问。刘祺祥回答：“我也不知道，不过我猜应该是他的。”

老伴说：“你瞎猜呗，兴许是别人呢，你想怎么办？”“我们不能花这个钱。”刘祺祥说。老伴撅着嘴：“就你觉悟高，我们一年也挣不了这个数呢，你的车今年肯定又要泡汤了。”

刘祺祥没有说什么。其实昨天晚上回来，他的心就一直突突跳得厉害，睡觉时还失眠了，他想里面的单据一定很重要。他想把钱留下，再把包和里面的单据扔掉，这样别人捡到或许能还给失主呢，但随之又否定了，万一别人捡到不还呢。他矛盾了起来。不过最后还是趁老伴不注意，把钱和那些单据装进一个塑料袋里，然后在帐篷的地上挖了个坑，埋了起来。

再送废品是时，刘祺祥就把那个包挂在扁担上，他希望那个小车的司机能看见。一同来这里的老乡见了，都笑他穷显摆，不就是捡个包吗，里面又没钱。

这天，刘祺祥要把自己捡了两个星期的废品送到收购站，因为太多，就跟老乡借了两辆三轮车，装得满满的，他和老伴一人蹬一辆。虽然天很冷，但他们都是汗流浃背，老伴的车在前面，他要一个手扶把，另一只手不时地帮老伴推一下。在一个上坡处，他们蹬得更加吃力了。刘祺祥不敢有一丝放松，使劲推前面的车，这样自己的脚下力气就小了些。眼看他的车就要停住，他明白，一旦停住，就会连人带车一块倒回去。而后面还有很多汽车，危险得很。由于这是条单行道，他能听见后面很多车那刺耳的鸣笛声，他很过意不去，不得不使出全身力气蹬车。然而此刻就像拉着一座山，无比沉重。眼看车就要停住了。忽然，他感觉到车动了一下，蹬起来也轻快了很多。他明白，一定是有人在帮助自己，于是本能地回头看，却什么也看不到，车上的东西挡住了他的视线。就这样，他很快就上了这道坡。把车停在路旁，往后看时，他发现有个司机上车时的背影，并且看见司机向后面的车打了个手势，像表示歉意的样子。后面是一阵责骂声，和气急败坏的鸣笛声。刘祺祥感激地看着那辆小汽车从自己身边驶过，尔后是一辆辆的车辆呼啸而过。让他眼花缭乱。

没想到这件事情被一个叫“天涯在此时”的网友看见了，并且用手机拍了下来，发在网上，并加了评论：在这个越发浮躁的时代，路上见的更多的是责骂和拳头相向。然而高级小轿车和脏乱不堪的三轮车这个镜头，让我们多了份感动和思索。一时好评如潮，这个开高级小汽车的年轻人成了英雄，就连当地的报纸也纷纷转载。

刘祺祥知道这件事是一周以后，他在整理捡到的报纸时，看见了上面的照片，他一下子就认出来这是那天有人帮自己的情景。三轮车前面车把上挂着的那个包露出来一点影子。他看见了小汽车的车号。于是他把报纸拿给老婆和老乡们看，大家都向他表示祝贺，说他上报纸了，尽管他只是一个侧影。一个老乡说：“老刘，你要谢谢人家啊。”“怎么谢啊？我又不认识他。”另一个人给他出了个主意：“你可以往收音机里的交通台打个电话，让他们给播一下。”大家都认为这个办法好。于是就有人拿过一台捡来的破收音机，里面正播着路况信息。过了一会，当里面播热线电话号码时，他们记了下来，然后，刘祺祥一路小跑，来到一个小商店门口，拨通了交通台的电话，说自己就是那个送废品的骑车人。

交通台对这件事情也很感兴趣，因为此前，网友已经通过搜索，查清了那辆小车的司机。他叫刘晓亿，今年二十七岁，年轻有为，经营着一家大型家族企业。刘祺祥就向电台要司机的电话号码，他想亲自感谢一下这个司机。没想到，电台里的人问了他在什么地方，让他在原地等着。

没多大会儿，来了一辆小汽车，要接他到台里去。刘祺祥吓坏了，说什么也不肯去。老乡们就起哄，说：“你不是口口声声要感谢人家吗？怎么，后悔了吧？”刘祺祥把心一横，就上了车。

到了台里，刘祺祥连大气也不敢喘，这么豪华的地方他第一次来呢。等了一会儿，进来一个年轻人，有人介绍：“你们两位就是照片上的主人公，现在认识一下吧。”年轻人却说：“都是网友给夸大化了，这么点小事，搞得沸沸扬扬，让我连做生意都受影响。”

刘祺祥却呆呆地看着小伙子，半边愣是没有说一句话。旁边的人提醒他：“这就是帮你的那位司机，刘晓亿。”刘祺祥却拉住小伙子的胳膊，大声说道：“你，你在这里等我，我马上回来。”

在场的人都感到莫名其妙，这个老头怎么了？刘祺祥出来电台，不管三七二十一，拦了辆出租车，往自己住的帐篷跑去，把地上的塑料袋挖出来，也不管老伴在后面喊他，又坐出租车来到台里，气喘吁吁把塑料袋往小伙子怀里一塞，“看看吧，这是不是你的？”大家都蒙了。

刘晓亿将信将疑地打开袋子，把那些东西拿出来一看，大喜过望，喊道：“我的合同，我的护照！”然后紧紧拉住刘祺祥的手，激动地说：“大爷，太谢谢你了。你在哪里捡到的啊？”

刘祺祥说：“小伙子，是你先救了我啊。”说着就把那天晚上自己被砸的情况讲了一下。

“原来你就是那位老大爷啊，对不起，当时我没有看清你。”说着，把里面的钱拿出来，塞到他手里，说：“大爷，谢谢你替我保存了这些重要的东西，这是我的一点小意思，您一定收下。”

刘祺祥一下子回绝道：“我要是要钱，还用再还给你吗，你是个好人。”接着不好意思地说：“等会儿，你把外面出租车司机的费用还了好吗？我，我没有带钱。”说着，就跛着脚离开了。众人都向他的背影投去尊敬的目光。

第二天，网络和报纸上就出现了对这件事的最新报道。

没过多久，刘晓亿来到这片荒凉的地方，在帐篷里找到刘祺祥。他是问刘祺祥两口子愿不愿意到他的公司去干。刘祺祥不安地说：“我们可不敢想，上次的事情都让你的生意受影响了。”刘晓亿笑着说：“大爷，上次我没有说完呢，我的生意是受了很大的影响，但那是好的影响，很多人都抢着跟我做生意呢。”

“你说的是真的？”刘祺祥问。“是啊，所以这次我来帮助你们也是真的。”

刘祺祥说：“不行啊，小伙子，我们这些人是一块出来的，他们没少帮助我。再说我们年纪大了，什么也干不了，纯粹是添乱。”

刘晓亿说：“社会这么大，总有你们的立身之处。我看重你们这些人的真诚和实在，所以我打算把你们这十来个人都请去，到时候根据你们的实际情况，选择不同的工种。不过有个条件，你们要先接收培训，合格了才上岗，到时候我会连养老保险都给你们办好。”看着刘祺祥疑惑的目光，他继续说：“有件事情，说出来让我无地自容，其实那天晚上，是我倒车时不小心撞到了树上，树枝落下来砸在你身上，我想你一定受伤了，但又怕你赖着我，所以拉起你来后，就赶紧开车离开了。”

刘祺祥怔住了，过了一会说道：“其实我知道，因为当时虽然你在打电话，可是里面根本没有说话的声音，而且你把我拉起来就跑了，一看就知道是在逃避什么。谁还没个犯糊涂的时候啊，何况你们年轻人。我也曾经想贪污你的那些钱，可是我挂着那些单据，在我这里是废纸，在你们这些人手里说不准就是金疙瘩。”

刘晓亿眼睛有些潮湿。

尽管无意张扬，但是刘晓亿的这一举动，还是让网友知道了。刘晓亿也及时地披露了自己当初的自私行为，没想到更赢得大家的一片赞扬声。大家都说这是本市今年最感动人的一件事情。

刘晓亿也被网友评为年度最受欢迎的阳光青年，一时间他的生意好得不得了。

第三辑

EPISODE 3

养个二房好挣钱

假南瓜事件

上当受骗

头几天，郭副省长带队到肥王县检查工作，回来的时候顺便买了几个大南瓜。一个副省长为何对南瓜这么感兴趣呢？这话还得从20年前说起，那时郭副省长还在市里工作，他来肥王县的肥南乡蹲点，干部们跟老乡同吃同住同劳动，生活不富裕，南瓜就成了主食，上顿吃，下顿吃，他竟然百吃不厌。而且把多年的高血压竟然吃好了。这次下来检查，看见路边有卖肥南大南瓜的，就下了车，几名妇女热情地向他推荐，说这是正宗的肥南大南瓜。于是他毫不犹豫地买了几个，打算重温以前的日子。见他买，其他干部也买了不少，算是给农民朋友增加了销量。

可是，当郭副省长打开南瓜的时候，心一下子凉了半截，立马就断定这南瓜是假的，肥南大南瓜什么样啊，他心里很清楚，皮薄，瓤红，籽粒多而且饱满。可是这一个呢，皮厚不说，瓤也不是很红，籽粒少且瘪。他也非常爱吃里面的南瓜子儿，香脆可口，一嚼，余味悠长。“也许做熟了以后会好吃呢？”老伴提醒他。没办法，只好死马当活马医了，先是清蒸，有香味，但没有多少甜意。再煮熟吃，还是没有什么味道。“假瓜无疑！”郭副省长很生气。带着很大的希望买来，没想到却被欺骗。这还了得，现在假东西充斥市场，老百姓意见大着呢。这虽然不是什么严重的安全问题，但也不能听之任之。他正好分管食品工作，于是拿起电话，先以匿名的方式打到肥王县有关部门，但是等了好几天，没有任何动静，他就火了，这次先亮明自己的身份，又把事情说了一遍，并通知了电视台，要求媒体及时跟进报道。这下肥王县可不敢怠慢了，有关部门立即行动。并为此成立了联合调查组，表示要对这件事情进行彻查，给副省长一个满意的交代。

紧急行动

他们决定先暗中取证，于是派了小黄和小李去做深入调查。他们按照副省长提供的信息，去了副省长买南瓜的肥南乡的肥西村。当然他们是暗访，把录音录像设备藏好，然后他们装扮成买南瓜的大客户。一进肥西村，就被镇住了，只见这里简直是南瓜的海洋，不仅田间地头架着南瓜棚，家家户户的院墙上也挂着各式各样的大南瓜，连树上的空间也被充分利用。看看百姓住的房子，基本上都是新的，看来他们还真是发了南瓜财啊。他们两人对此嗤之以鼻，劳动致富可以，可也不能靠冒用别人的牌子啊，临来的时候，领导告诉他们要深挖细扣，把来龙去脉弄清楚。

一听说来了大客户，村主任王大宝就热情地出来迎接。"你们没有带车?"王大宝疑惑地问。小黄和小李操着浓重的南方口音，说是慕名而来，此次先做考察，如果感觉合适，就会大批量订购，而且会长期合作。王大宝高兴得不得了，领着他们到处看。"你们这是正宗的肥南大南瓜吗?"小黄问。"是啊，绝对是。假一赔十。"王大宝自信地说。"可是你们这里不是肥南啊?"小黄有点疑惑地问。王大宝声音小了很多，说道："肥西跟肥南离得不远，气候土壤都基本一样，所以种出来的南瓜成色没有什么不同，而且据专家分析，我们这里的水源更适合种植南瓜，也就是说我们比肥南的还肥南。"小黄和小李点点头，继续装着若无其事地问："那你们为何要打肥南的牌子啊?"王大宝回答说："我们是从前年才开始大规模种植南瓜的，要是不打肥南的牌子，销量会有一定的影响。"感觉自己说得有点多了，立马转过话题说："你放心，要是口味什么的与肥南大南瓜有一点不同，我们甘愿受罚，再说我们有价格优势，比他们那里要便宜近四分之一。"行了，要的就是这个效果。两个人又装模作样地转了一会，就找借口溜了。

看有了证据，肥王县的工商、质检、公安等部门就迅速组成了联合调查组，为了坚决贯彻郭副省长的指示精神，他们以迅雷不及掩耳之势于当天晚上就开到了肥西村，要对那里的南瓜采取措施，电视台也第一时间赶到肥西村做追踪报道。可是等来到肥西村的时候，人们大都因为白天的劳累而休息了，村里万籁俱静。调查组的到来，先是唤醒了熟睡中的狗，到处是吠声一片。然后就有村民拉灯起床，看到底发生了什么事。村主任王大宝和其他几个村干部看着这么多的车，起初还以为是来客户来拉南瓜的。就问："你们需要多少啊?"调查组组长是工商局的王局长，他气愤地说道："我们需要把你们的南瓜全报销!"看气氛不对，王大宝一点困意也没有了。王组长出示了证件，说道："你没看电视吗？你们的南瓜可出名了。"王大宝战战兢兢地说："我们也没有上电视上做广告啊，太贵了。""你们涉嫌造假!"王组长也不跟他啰唆了，开门见山地说。王大宝一听倒乐了，"一个南瓜能造什么假，难道还是西瓜冒充的不成?"其他几个村干部也跟着笑了起来。

说实话，调查组头一次遇到这种情况，以前也有过几次专项行动，可那要么是查处瘦肉精，要么是查处注水肉，再就是查带有三聚氰胺的奶粉，那都好说，把问题产品一封存，然后销毁就行了。可是对这南瓜该怎么办？王组长制止住他们的笑声，很严肃地讲了这次行动的重要性，并说上上下下很重视，要他们明天接受处理。

郭副省长得知后很欣慰，肥王县有关部门在贯彻自己的指示精神方面还是很出色的。前两年，不少地方发生了食品安全事件，大都不能做到快速反应，他对此提出了严肃批评，经过这两年的努力，看来情况有了很大的改观。当然，他不满意的是肥王县还是停留在靠领导批示或者媒体曝光才肯行动。

第二天，调查组再进肥西村的时候，就不仅本省的记者了，连外省和国家级的媒体都来了好多。为了显示这次调查的严肃性和彻底性，王组长当着众媒体记者的面，连摔了好几个大南瓜。并说要将问题南瓜全部予以销毁。不过这却惹恼了几家来拉南瓜的客户，调查没有阻挡住他们往车上装瓜的热情，而且边装边说："净扯淡！这南瓜好卖得很，凭什么给销毁，难道里面还藏了炸小鬼子的炸弹不成!"

调查组调来一辆大货车，在靠近公路的地方装了满满一车南瓜，在摄影师的拍摄下，缓缓驶出了村子，要拉到外面去销毁。

与此同时，肥西村竟然另辟战场，开起了新闻发布会。调查组的人去阻止了几次也没有阻止住。王组长狠狠地说要对村主任王大宝采取组织措施。可是调查组的人却说发布会是退休的村长主持的。

果然，老村长王宝印正拿着话筒在对记者讲得滔滔不绝。他说："我们欢迎调查组来对我们进行调查，我们不怕调查，说我们的南瓜是假肥南大南瓜，这根本站不住脚，首先，从地域上，肥南和肥西就是一个整体，是这几年才按行政划分清楚的；其次，如果非要说不是一个整体也行，这肥南大南瓜没有进行商标注册，它只是人们心中的一个牌子。所以从法律上说我们没有侵权。”一席话，让下面的记者议论纷纷。老村长的嗓门更大了，“记者朋友们，我们从前年才开始发展南瓜种植业的，经过短短两年的时间就占据了巨大的市场份额，连外省市的都抢着来买，你们难道不想知道其中的奥秘吗？现在我考考大家，谁要是能说出来的话，我当场奖励给他一万块钱，绝无戏言！”这一下，把人们的情绪激发得更高了。还真有记者回答，有的说是南瓜好吃，有的说市场营销策略好。

王宝印一直摇着头，最后他卖了关子，说道：“主要原因我今天先不说你们，慢慢去体会吧。不过有一点我可以保证自始至终我们不打一滴药。”众人哄堂大笑，说这不是废话吗，哪有听说往南瓜上打药的啊，稍有常识的人都知道，这南瓜无论在房前屋后，还是田间地头，撒上种子就呼呼地生长，甚至连肥料都不用施。

王宝印也不生气，继续说道：“第二个原因才是我们的南瓜好吃，而且品种齐全，有降压的，有降糖的，有适合小孩吃的，有适合老年人吃的……尽管你们没有答对，但我做主给在场的你们每人送两个大南瓜！如果你们再想吃的话，可以在网上下单。”记者们惊呼，我的乖乖，南瓜都卖的网上去了。

新闻发布会成了他们的南瓜推销会。发布会的内容也在各媒体迅速传播，影响强烈。

真相

晚上，郭副省长看电视，看见县调查组组长摔南瓜的镜头，随着一个个南瓜被摔开，郭副省长的眼睛都直了，这几个瓜有的白瓤，有的红瓤，有的无籽，有的籽粒饱满。他忽然想起了什么，到厨房里搬出那几个还没有打开的南瓜，切开一看，里面各不一样。还真是不同的品种啊。他拍了拍脑袋，要不是家里有人，他简直要捶胸顿足了。原来这些都是正宗的肥南大南瓜。

这时电话铃响了，他拿起来，里面说：“老郭啊，可找到你了，你还记得我王宝印吗？”他心里一惊，当年在下面蹲点，就是吃住在王宝印家里的。“记得，记得，老哥你还好吧？”“我很好，我今天可是求你个事，有人说我们的南瓜是假的，败坏我们的名声，你可要好好管管啊，现在人们好不容易认同了我们的南瓜，我们可不能再让南瓜这最后的好东西倒下了……我过几天就去看你，给你带些你最爱吃的南瓜，有适合包水饺的，有适合做面条的，还有适合蒸吃的，有适合煲汤的……”

郭副省长笑着说：“没有必要这么麻烦。我想吃的话一定去找你要。”

王宝印说这没有什么麻烦的，过几天我就去城里我们开的南瓜汤饭店去送南瓜，顺道去看看你。

副省长说：“你们可真厉害，都在城里开饭店了。谢谢你们开发出这么好的东西，为民造福。”王宝印笑着说：“谢啥啊，咱这不是赶上好时候了嘛。”

郭副省长接过话茬说是啊，现在政策好，可以施展手脚，发家致富。我可以为你们牵线搭桥，争取把生意做到国外去。

王宝印说：“我们的秘诀是，市场上带毒的东西越多，咱的南瓜越是好卖。至于到国外的事情，现在看还没有必要，一来是我们国内市场都供不应求，二来是国外的食品安全问题不大突出，他们一时还不需要大量的南瓜。牢牢抓住国内市场就能让我们赚个盆满钵满。”这话让郭副省长愣了半天。

电话刚放下，铃声又响了，是妹妹打来的，说刚看到一个报道，有人因为吃土豆中毒了，并嘱咐他千万不能再吃了。“哥，我在单位的空地上种了几棵南瓜，明天我给你送一些去，这可是绝对的绿色食品啊！”

郭副省长颓然坐在沙发上。是啊，最近的食品问题真让人闹心，从地沟油到瘦肉精，再到神秘香精……难道真的让人们只吃南瓜了？他感到无地自容，再也坐不住了。

我是医生

早上，医院召开中层干部会，王晓光感觉到这其实就是对内科的一个批斗会。院长说的话很重，从去年实行医院职工入股以来，不少科室的业务量上升很猛，利润也增加很快。但是有个别科室只有业务，没有效益。并警告如果再这样下去，院里就要采取措施了。

作为内科主任，王晓光脸上一直火辣辣的。散会后，他匆忙回到科里，召开全科大会。除了留几个必须值班的，其他人都要参加。

王晓光在讲话前，先是很特别地给每个人发了一张答卷，上面只有一个题目：假如我们医院破产了，你只好在乡下办一个小诊所，你最关心的什么？王晓光要求大家不要搞虚的，说出心里话，反正不用在卷上写名字。十分钟后，他收上了答卷。经过他的汇总，最关心经济利益的11人，最关心村民健康的一人，还有一个上面写得密密麻麻的，他匆匆看了一下，大意是会最关注村里那些有病但很穷的人。他知道这一定是沈奇医生写的。

“各位，”王晓光向下扫视了一眼，“感谢大家都说出了心里话，既然是市场经济，考虑经济利益没有什么不对的，在商言商嘛，我们不是福利机构。这也不是说我们不关心病人的切身利益。大家想一下如果我们医院都关门了，或者我们这些人都没法混了，又何谈维护病人的利益呢？看看其他科室，哪个月的奖金都比咱多。我们是徒有其名！所以我希望个别医生不要有什么心理问题。”说到这里，大家都把眼光投向了沈奇医生。因为大家心知肚明，沈奇医生最近跟病人搞了个什么“住家不住院，看病少花钱”的活动。在这之前，他就是科里甚至是全医院的另类，因为他不像其他医生那样逮着病人不放，他从不给病人开贵药。这都什么年代了，他竟然还让病人吃几毛钱的药，平时这些低价药都是配在一些贵重的药里面的，早就不单独开了。所以他没有吃过回扣，也没有被人请客。但是医院又拿他没有办法，他的名声之所以很响，是因为他具有博士头衔，更重要的是具有一流的医术，还经常在全国的杂志上发表文章，参加全国性会议，给这家全市最大的医院带来很高的名气。很多病人之所以不远千里来看病就是奔着他来的。他那一个个大胆而富有创新的治疗方案连内科出身的院长都叹为观止。可是让领导痛心疾首的是他没有把这种名气优势转化成经济优势。作为从一个乡里出来的同学，王晓光不止一次找他谈话，但是他都不以为然。

这时沈奇医生站起来，说道："各位，我们开这样一个全体会也不容易，我想借这个机会说说我的心里话，我知道现在很多人背地里说我有心理障碍，因为我扯了大家的后腿，影响了大家的收入。我希望大家听完我的这个故事时再做结论吧。"接着他讲了起来。

那年，沈奇还在上初中，他们乡有个老太太，在公路边上摆摊卖水果，可是有段时间她经常头痛，注意力也不集中，老伴让她去医院查一下，可是她却说："就这点小毛病还用去医院啊？你看咱西邻居家，住了一星期医院，把十几年攒的钱花光了，病也没有治好。"没办法，老伴只好到城里帮她买了一盒药，花了 25 元，就这点钱疼得老太太好几天睡不好觉，唠叨着这要卖多少水果才能挣回来啊。可是后来她还是晕倒了，送进医院，经过抢救，虽然性命保住了，但落下了半身不遂的毛病。因为疼钱，住了几天，等神智恢复过来就出院了。其实她早期的头痛、注意力分散是脑血栓的前期征兆，如果早去就诊，完全可以避免落下偏瘫，而提前出院也将影响她的恢复。不过事情还没有完，因为要经常吃药，她心疼钱，后来就趁家人不注意，喝农药自杀了。

会议室里很静，沈奇医生很沉痛地说道："这是典型的'小病拖，大病扛，重病等着见阎王'啊。当时我就下决心以后要当一名医生，而且要买一辆巡诊车免费为老百姓看病。买巡诊车的愿望很快能实现了，但是让百姓少花点点钱治好病还是比较现实的。后来才知道这个老人家住院时有个黑心医生索要红包不成，就给开了一大堆有用没用的药，这也成了她不愿再接受治疗的直接原因。上半年我参加省里组织的名师义诊活动，就提出来到这个村子，很多老人有病但在家里死扛着。当然我现在也想多挣点钱，但是面对这些看不起病的百姓，我还忍心把钱放到自己的口袋里吗？我在病人中倡导的‘住家不住院，看病少花钱’并不是说要老百姓不住院不吃药，而是让百姓乐观一点，配合医生，不要怕治病，相信医生会用最经济最合适的方法来给他们治病，很可惜，实行了一段时间，病人怀疑得多，现在的白衣天使在百姓心中几乎成了黑心人了，这不能不说是一种莫大的悲哀。开回扣药，本来是小病也要吓唬病人住院，我们的良知哪里去了呢？”

在大家的沉默中，王晓光宣布休息十分钟。回到办公室，沈奇医生直言道：“好长时间都想再跟你谈谈，你瞒不过我的眼睛，这段时间，你跟药代打得火热，无论对医院还是对个人，都带来了巨大的好处吧？但是我提醒你要挣良心钱。”其实沈奇医生从来没有告诉王晓光，当时医院作为高端人才引进他的时候，他唯一的条件就是让王晓光一块来。那时王晓光正为一个意外事故跟原单位闹得不可开交。与其把精力耗在无休止的争吵中，不如赶紧找个地方发挥他的聪明才智，当初他是这么为王晓光想的。短短几年，王晓光就升到了主任的位置。地位有了，物质有了，精神上也如沐春风。两个人的关系也渐行渐远。

王晓光什么也没有说，其实以前沈奇也跟他谈过，说要是再吃回扣话会断掉自己的前程。可是看看周围，有几个不在吃回扣呢？没有见谁出事，而且原来的主任还升任了院长。

开完会，他的手机响了，是那个漂亮的女医药代表打来的，这次他破天荒地关机了。

王晓光一直待在办公室里。或许他不会告诉沈奇医生，死去的那个老太太其实就是他的外婆，当时自己的母亲哭得死去活来，这也成了让他决心要当一名出色的医生的动力。没想到当初轰动半个乡的这件事情沈奇医生还记着，而最不该忘记这件事的他却早已经淡忘了。许久以来他只想着过上让人羡慕的富足生活了。前几天舅舅还打电话来问他认识一个姓沈的医生吗，乡亲们都惦记着他呢。他当初没有在意，没想到竟然是沈奇。

他现在静下心来想，要是沈奇医生能当这个医院的院长就好了，不会给各科室下达这么多任务。事实上沈奇医生连个副主任都干不上，但是他是一名好医生。想到这里，他掏出手机，给沈奇医生发了个信息：老弟，请放心吧，从今天起，我会先当好一个医生的。

与此同时，沈奇医生也在自责，昨天来的一个病号本来不用输液就行，但他的助手还是背着他给开了住院单子，并要一天输三瓶，需要连续输五天。他赶紧走进病房，对病人家属说道："拿上这个单子，去领药，然后办理出院手续吧。"在病人家属的责问声中，他离开了病房。后面是病人家属的抗议："什么混蛋医生，说让住就让住，说赶人就赶人，想钱都想疯了。神经病！"

有爱有坚强

强烈的地震发生了。女警察张瑗眼圈红红地找到老所长，质问他为什么不让她去一线抗灾救人。她还从来没有这么激动过，平时说话总是柔声细雨的。

所长看着他，说："小张，你这几天一直在镇上救人，够累了。不光你不能去，这次家里失去亲人的，我们都暂时不安排去前边，你的儿子才五个月大，就……我们都感到很难过，你在家里忙忙后勤保障工作吧，以后有的是艰巨的任务。"

"不，我的儿子没事啊，他很安全。"张瑗坚定地说。

"你说什么?"所长睁大了眼睛，既欣喜又满腹狐疑。

"真的，所长，他现在就在值班室里，不信，我领你去看看。"

于是，所长就跟着她来到值班室，果真，小家伙正在安静地睡着呢，一脸的幸福，一点也不知道世界上发生了什么，好像大地震对他毫无影响。

所长咧着嘴笑了，抱歉地对张瑗说："对不起，小张，大家都说嘟嘟他……孩子安全就好，那好吧，你抓紧准备一下，我们马上就要出发，去县城参加救援，并且把一些专业器材运上去。"

张瑗精神一振，高兴地说："我已经准备好了，随时可以出发，不过我有个条件。"

"什么条件，你说。""我要把嘟嘟带上。"张瑗话说得很坚决，好像所长必须答应。

"这个，"所长迟疑了一下，说，"这恐怕不行吧，到处是泥石流和山体滑坡，随时都有危险，还是放在家里吧。"

张瑷的倔劲上来了，说："所长你放心，人在阵地在，孩子离不开我，再说，刘建就要上来了，或许能碰到他，你知道孩子刚出生十天他就奉命归队了，五个月还没再见孩子一面呢。"

所长不再说什么，他知道刘建是张瑷的丈夫，是解放军某部的一名连长。再说现在家里也很不安全，派出所就在山脚下，已经有一栋楼房被摧毁了，如果再发生山体滑坡，这儿首当其冲。与其这样还不如把孩子带在身上，于是说："原来你们想一家人好好团聚一下啊，不过这可不是时候。"他本想缓和一下气氛，大战在即，所有人的神经绷得太紧了，自从地震发生以来，这个昔日美丽繁华的小镇遭受灭顶之灾，活下来的同志也是不停地救人，忙得连轴转，有的还忍受着失去亲人的痛苦。但此时，没有人能笑得出口。

张瑷给孩子换好尿布，喂饱了奶，然后把他固定在自己胸前。背上前方战友所急需的器材就出发了。每个人的负重都在20公斤以上。

刚出发不久就下起了瓢泼大雨，道路泥泞，深一脚浅一脚的，还要随时防备旁边山上滚落下来的石头和树桩，难度可想而知。张瑷拒绝了其他人的帮助，而是靠自己良好的身体素质在艰难地支撑着。孩子在雨衣下面静静地睡着，张瑷怕他被什么东西碰着或是划着，总是紧紧地护着他。路上碰到不少从县城里撤出来的灾民，就毫不犹豫地把随身带的粮食和矿泉水送了出去，尽管他们自己也是饥肠辘辘，干渴难耐。

克服重重困难，他们终于到达县城。满目疮痍，惨不忍睹。他们与先期到达的消防战士会合，有了专业救援器材，救援速度大大加快。一天时间就救出了几十个人。

也许是巧合，晚上，一支部队抵达了这里，领头的正是张瑷的丈夫刘建。战士们到达后，一刻也不耽误，马上救人。因此夫妻两人连面也没有见着，只是在快天亮的时候，部队吹集合号吃饭，由于张瑷他们没有饭，只好随部队一块吃。刘建也感到非常意外和惊喜。他也一直牵挂着亲人，但是任务紧急，回家是不可能的。张瑷忍着泪水，告诉他家人都很好，儿子也很好。刘建抱过儿子，儿子已经睡醒，红润润的小脸蛋，水汪汪的大眼睛，样子十分可爱。刘建把自己的脸用手擦了好几遍，然后对儿子亲了又亲，不停地逗着让他叫爸爸。十几分钟的吃饭时间一到，新的战斗就要打响，该分手了。刘建向张瑷做了个胜利的手势，四目相对，是一种关心，是力量的源泉。张瑷大声说："手机有了信号，别忘发信息联系。"刘建和战友们很快走了。

张瑷他们也立即投入到救援中去。虽然带着孩子，可这一点也不影响她工作，孩子表现得特别乖，只要张瑷一忙起来就不哭。有时她停下来反而会闹，就像在催促妈妈赶紧救人一样，让她感觉到很奇怪。

张瑷的腿不小心被一根铁丝刮破了，鲜血直流，顾不得那么多了，因为他们听见一栋居民楼下面下面有轻微的呼救声，他们不停地挖，冒着随时有余震的危险。终于，掀开最后一层覆盖物，映入眼帘的却是两个紧紧抱在一块的夫妻，丈夫的显然是为了保护妻子，用自己的身体顶住了一块水泥板，妻子则已经昏迷。大家的眼泪禁不住流了下来。费了好大劲才把妻子从丈夫的怀抱里拉出来，经过紧急抢救，她终于醒了过来，还好，伤势并不很重。看见丈夫的尸体，像疯了一样号啕大哭，让在场的每一个人都禁不住潸然泪下。

下午吃饭时，张瑷试着拨了下丈夫的手机，竟然有信号了。但她没有接通，她喜欢发信息，感觉那样能把自己的意思表达的更完整。于是她编写了一条发过去：老公你好，多保重，我们又救出了两个人，可惜男的死了，为了保护自己的妻子。过了一会儿，老公回信息了：老婆你好，我们也刚救出了一个，妻子相信在六层楼住的老公肯定还活着，在我们来之前就靠双手不停地挖了两天，手都磨烂了，在我们的帮助下，终于找到了他，他靠吃卫生纸和木筷活了下来。多亏他妻子的坚持，不离不弃。我们收获了太多的感动。所以我们也一定要坚强，许多人在看着我们呢。

张瑷的眼睛湿润了，她继续发：我们学会了坚强，我们一定要坚强，昨天在镇上，我们找到了一对母子，母亲弓着身子，已经离开人世，下面的儿子却安然无恙，在孩子的衣兜里发现了母亲最后的遗言，上面写着"孩子好好活下去，妈妈爱你，妈妈是你的坚强，请你记住妈妈。"

老公的信息：所以你就把他当成了我们的嘟嘟，我没有猜错吧。

张瑷心一颤，几乎跌坐在地上，她的手抖动得厉害，一条简短的信息竟写了很久，她问：你什么意思?

老公回信：我们的嘟嘟脸蛋左侧上有块小小的疤痕，你难产时产钳留下的，我问过我们的随队医生，短时间内不会消失。

张瑷泪流满面，她写道：你这个傻瓜，心还挺细的，不过你说过我们要坚强的，如果我们倒下了，会让很多家庭没有欢乐，没有阳光。

老公的信息：以后就申请让他当我们的嘟嘟吧，如果他没有了其他亲人。我们会好好地抚养他，爱他。

张瑗不能自制了，继续发信息：好的，只是不要告诉我们的所长，这个老头太脆弱，否则他一定会赶我回去的。

老公迅速来信：好的，一言为定，亲爱的老婆，我爱你，我们要出发了，去另一个县城，你多保重。让我们一起为我们的嘟嘟祈祷，他会在天堂里感觉到我们的爱。

放下手机，张瑗再也控制不住，呜呜地哭了起来，没有人知道为什么。同事们都往这看。于是她很快擦了一下泪水，因为她意识到此刻绝不能哭。她必须坚强。

这时孩子哭了，她知道喂奶的时候到了。

租个儿媳过大年

在一个高档小区的公园里，张老太跟李老太正在散步。

她们是去年锻炼时认识的。由于脾气性格相近，两个人几乎是无话不谈。两人的孩子都不在身边，张老太的儿子在国外定居了，李老太的孩子们都在外地做生意，忙得一年也回不来一次。她们什么都不缺，尤其是物质方面，吃的喝的用的，样样齐全。孩子们还给买了跑步机自动按摩器什么的。而她们最不缺的就是寂寞。尤其是从外面锻炼回来，面对空空的大房子，心里的那种孤寂滋味，不是常人难以忍受的。虽然多年过去了，两个人都已经适应了这种情况。但是逢年过节的时候，还是难以难受。这不，马上就要过年了。看着各家都在欢天喜地置办年货，张老太寻思着该怎么办呢？

张老太把李老太拉过来，张老太问："你的眼睛不花吧？"李老太笑着揉了揉自己的脸说："我这眼睛厉害着呢。哪像你啊，秤砣掉在地上都看不见，说吧，有什么指示？"

张老太说："那你听好了，我下最高指示了，你往报社上写个招聘启事，说招两名寒假不回家的女大学生。""啊，你这是干什么啊？我们不都有钟点工吗！"李老太一脸惊奇。"先别管干什么，你执行就是了。到时候自然会告诉你。"李老太知道这个张老太的脾气，不让你知道的事情再问也是白搭。于是就应承下来。

第二天，李老太就花钱把招聘启事登在了早报上。不过，她暗地里打了个折扣，暗地里把招聘两个大学生改成了一个。因为她家的那个钟点工干净利索，家务基本上都不用自己插手。来到了张老太的家里，张老太已经泡好了茶在等她呢。"办好了？"一进门，张老太就问。"你下的命令，谁敢办不好呢。现在该告诉我你的鬼点子了吧?”于是张老太就把茶往李老太面前一推,说:“过年孩子们都不回来,你不感觉心里堵得慌吗,我们都是很在乎家庭温馨的那种人,再说以前的朋友同事有来走访的,孩子不在家,很没有面子啊。”

李老太说:“我明白你的意思了,是想让家里多个人,来冒充我们的孩子吧,可我感觉还是没有多大必要,毕竟不是自己的,反而感觉很别扭。我看还是算了吧。”任凭张老太怎么劝,李老太还是一个劲地摇头,并说道:“你劝也没有用,我在广告上就说是招聘一个。”张老太最后也没有办法了。

这两天打来电话咨询的不少,张老太就让她们来面试,也让李老太来帮助把把关,通过面试选定了一个女大学生。这个女孩不光长得漂亮,而且性格开朗,完全符合要求。然后张老太跟她谈话,说了自己的想法,并告诉她时间是20天,管吃管住,每天200元钱,还有红包。这个大学生原先还感到不可理解,经这么一解释就欣然接受了。为了双方都放心,张老太还看了这个大学生的身份证和学生证,并签了协议书,明确了双方的责权利。张老太说:“孩子,你也别嫌麻烦,细心点对谁都有好处。”

这个女大学生先是按照张老太的要求做了个发型,化了个妆,显得气质高雅又成熟有魅力,然后就来上岗了。家务不用她干,她只需要陪老人散步聊天,给老人按摩。老人给她取了跟自己儿媳妇一样的名字。一开始还比较拘谨,但适应了两天就比较放得开了。她一口一个妈地叫着,李老太在一旁看着心里痒痒的,这才隐隐知道张老太唱的是哪出。而且这个女孩很懂得体贴人,晚上还给张老太打水泡脚搓脚、梳头捶背,把张老太伺候得舒舒服服,并在家里挂上了大红灯笼。张老太可是好久没有享受到这种待遇了,现在终于有了家庭的和谐美好的感觉。李老太把张老太拉到一边,说道:“我算看明白了,你这是招了个儿媳妇啊。我原以为你是要把她当闺女呢。”张老太笑着说:“闺女孝顺亲妈是理所当然的,如果儿媳妇孝顺就是我们的天大的福气,感觉可不一样啊。”李老太也笑起来:“这样一来,也满足了你的虚荣心是吧。”说完两个人都会心地笑了起来。张老太继续解释道:“找大学生做这件事情,是因为她们素质高,寒假不能回家的学生都是家庭条件比较差的,我们也可以变相资助一下她们,一举两得呢。”不过这次张老太看出了李老太羡慕的眼神。

转眼到了腊月二十九，单位的领导来走访慰问。看到张老太的儿媳妇把她伺候得这么好，从心里高兴。年三十的时候，张老太一个电话把李老太叫了过来，两家聚在一块过大年，包饺子，放爆竹，一起看春节联欢晚会，并给她们讲相关知识，其乐融融。而在以前，即使两个人合在一起过年，也没有什么意思，两个老人除了聊天就是抱怨孩子，基本上就成了开诉苦会。大年初一，同事来拜年。张老太把“儿媳妇”介绍给大家，由于平时很少见面，真正的儿媳妇她们从来都没有见过，所以也没有丝毫怀疑，而且今年见这一面，也没有多少印象，明年还可以接着用，这次给大家印象最深的是她的儿媳妇漂亮温柔大方孝顺，让大家只有羡慕的份儿。一个老同事拉着张老太的手说：“还是你有福气，儿子事业有成，儿媳漂亮温顺，这样的家庭简直就是和谐家庭的典范啊。不像我儿子，好几天都不打个电话，更别提来看看我了。”听着这样的赞美，张老太心里甭提有多高兴了。

转眼年就过完了，大学也快要开课了。她们这才解除合同。看着手里厚厚的红包，这个大学生又甜甜地叫了声“妈”，张老太心里都快酥了，说：“回去好好学习，以后找个好婆家，别忘了要像这样好好孝顺你们的真婆婆。”女孩一个劲地点头称是，说这一次经历让她们学到了不少爱心知识，说着竟然还流下了眼泪，说道：“以前，我在家里对爸爸妈妈总是不管不问的，感觉他们对孩子付出是理所当然的，现在才知道，他们为了我们含辛茹苦，以后我一定要像现在这样对他们好。”

张老太在网上跟远在异国的儿子视频聊天。儿子问年过得怎么样啊。张老太说：“有儿媳妇伺候着，当然很好了。”儿子一愣，瞅瞅在一边的妻子，大声问道：“妈，您老人家糊涂了吧？您的儿媳妇正在我跟前逗你孙子玩呢。”张老太骂道：“小兔崽子，你才糊涂了呢，我不会租个假的啊。”她就把自己的做法说了一遍。一旁的真儿媳妇可不乐意了，接过话筒说：“妈，你老人家可不是要把我扫地出门吧？我可是吃大醋了。”张老太呵呵一笑，说：“哪能呢，真的就是真的，只要你心里装着我这个婆婆就行了。”儿媳妇忙发誓：“等有机会回去，一定给您老人家洗脚搓背。”下了线，张老太暗自笑了，自己无意中想起来的这个激将法还真管用。

李老太在另一城市的儿子儿媳妇也不知道听谁说的，老妈过年时找了个儿媳妇。他们先是震惊，赶紧打电话问是怎么回事。李老太把事情的经过说了一遍。儿子儿媳什么也没说，也许他们想以后过年要尽量回家了，挣再多的钱有妈重要吗？

张老太和李老太把自己的做法背地里告诉了几个要好的姐妹，她们连声说这个方法不错，有必要推广。“我也不怕泄密，满足虚荣心是假，要个温馨体贴是真。”张老太笑呵呵地说。

爆竹声声

一大早，太阳还没有出来，路边的草儿上面还顶着晶莹的露珠。刘四拉开自家的店门，远远看见几个女人正在一旁说笑，她们都穿着漂亮的运动服。其中有一个他认识，是自己以前的邻居叫张小芸。他就若无其事地走过去。张小芸看见了他，热情地打招呼："刘哥，这么早就开门了啊？"刘四说："是啊，人们很早就来买东西，所以只好早来了。"然后他嘟囔道，"你家也放鞭炮了吗？"张小芸一愣，问道："鞭炮？放什么鞭炮啊？"刘四反问："你还不知道啊，也不知道是谁说的，今年灾害多，又是虎年，虎要跟龙斗，胜者为王，所以家里有属虎和属龙的，都要放鞭炮，以求辟邪，听说还真管用呢。"

"这是真的吗？"他的话刚说完，另一个妇女问。她穿着红色的高档运动服，显得青春靓丽，虽然实际年龄不算小了，她一张漂亮的脸上挂满了问号。刘四看着她说："谁知道啊，反正别的地方都在放，这种事情宁可信其有不可信其无。"旁边一个妇女也说："要是真的，我也得放啊，我们家那口子就是属虎的。"舍了她们在那里议论，刘四就回到自己店里招呼顾客了。

到了晚上，县城中心就响起了噼里啪啦的鞭炮声音。过了半个小时，还响起了放炮的声音。这两种声音给宁静的小城带来了前所未有的震撼，因为这个时间，不是什么节日，再说要结婚，也没有必要在晚上放鞭炮啊。于是大家开始议论纷纷。

这个时候，几个妇女正在打麻将，其中就有早晨那个穿运动装的漂亮女人。不过她现在换上了高档的休闲装，她一拍自己的脑袋说："坏了，我都忘记放鞭炮了。"周围几个人连忙问："怎么了刘姐，为什么要放鞭炮啊？"漂亮女人说："不是说家里有属虎的和有属龙的，都要放鞭炮吗，怎么，你们还不知道？”几个人你看我我看你，都摇头说不知道。一个人问道：“刘姐，你真不够意思，这么重要的事情也不告诉我们。”漂亮女人继续说：“我这不也是刚想起来，不就花几块钱买挂鞭炮吗，图个吉利和放心，我儿子是属龙的。”听她这么一说，其中的两位就坐不住了，说：“我得赶紧回家去放去。这种事情宜早不宜迟。”漂亮女人说：“急啥，我还没有放呢，听说在一个月内放完就行。来，咱先打麻将。”她们再打麻将时，就一直没有离开放鞭炮这个话题，并且一个女的拿过桌子上手机往乡下打电话，让母亲也放鞭炮，还让母亲别忘了通知自家所有的亲戚。

第二天，昨晚在一块打麻将的那几个女人就开始行动了，她们去店里买了鞭炮。在路上碰见熟人，问她们买鞭炮干什么，她们就反问对方：“你还不知道啊？家里有属龙和属虎的，一定要放鞭炮，连李局长家都要放了。”

有一个人还顺便买了些香，说要上上供，这个人就是那个漂亮女人。她上初中的儿子属龙，做局长的老公属虎，这龙虎斗的传言，还真让她上火。傍晚，她把这件事情跟自己老公说了。李局长听了哈哈大笑：“这你也信，也太没水平了吧。”局长夫人漂亮的杏仁眼一瞪，说道：“你别管，信总比不信好。”说着就把鞭炮捆在阳台的晾衣架上，让胆大的儿子点着，她买的鞭炮很长，震耳欲聋的声音响了很久，也传出去很远。这下，整个高档小区都被震动了，要知道，在这里住的，大多是县里的领导，其他的都是些有钱人。与此同时，其他地方也陆陆续续传来鞭炮的声音。

接下来的几天，放鞭炮的开始多起来，街上的传言也愈加神乎。有的说不光属虎的和属龙的放，属老鼠的也要放，因为老鼠排在所有属相的前面，最容易受到攻击。有的说整个农历五月都要放。还有的说端午节的时候，要放两次，早晨和晚上各一次。这种风潮已经传到了周围的农村，并且临近的两个县里也开始有人在燃放鞭炮了。

不过，有一个小青年愤怒地把电话打到县里，说为什么不制止？他是一个上三班倒的矿工，此起彼伏的鞭炮声让他无法入睡，在井下无精打采，已经被记了大过，还被罚了200块钱。接电话的人说：“我们不知道这种传言从何而来，也不知道如何处理，你还是找有关部门反应一下吧。”说着就挂断了电话。小青年不知道“有关部门”在哪里，气得死去活来，差点把自己手机摔碎。

白天，可苦了清洁工人，每天都要清理出好几吨的鞭炮皮。而且这几天，已经有好几个人被炸伤送到医院急救，在农村里也出现了几起火灾事故。县消防队更是严阵以待，有两名消防战士还为此而推迟了婚期。

与此同时，刘四正在家里坐卧不宁，再过一个星期天就要高考了，女儿去年没有发挥好，本来指望今年复读，考个好成绩，好进入重点大学。可是现在每天晚上都睡不着觉，照这样下去，只能是凶多吉少了。老婆在一旁把他骂了个狗血喷头，说他是想钱想疯了。女儿更是急得直哭。刘四辩解道："我也只是突然想起了这么一个主意，本来指望靠这个谎言把咱店里积压下来的鞭炮赶紧处理完，谁知道事情会闹这么大啊！"他的话刚一说完，脸上就"啪"的一声挨了老婆一个嘴巴子。他捂着自己火辣辣的脸跑道街上，大声喊道："大叔大婶，大哥大嫂，求求你们，别再放鞭炮了！呜呜。"许多人从他跟前走过，用异样的阳光看着他，大家都说他是个疯子。

养个二房好挣钱

李庆来城里打工好几年了，去年他与同样打工的刘梅结婚了。他们最大的愿望就是能在这座城市里拥有一套属于自己的房子，能够过上不再漂泊的日子。他们常常想得都入了迷，要是真有那么一天的话该是多么的幸福啊。

可是城里的房价是一个劲地往上蹿，现在是砸锅卖铁也买不起，要是再等下去，恐怕把身家性命搭上也难以如愿。于是他们就把牙齿咬得咯蹦响，最后下决心要出手了。他们的首要任务是弄钱，就各自回到老家，找亲朋好友借钱。终于，十五万到手了，李庆借了十万二，刘梅家里更穷，只借来了三万八。加上他们两人省吃俭用攒的钱，一共有十六万多。晚上在出租房里，守着两张存折，他们可是一点也笑不起来，因为他们知道，尽管会住上房子，但从此要变成“负翁”了。刘梅就不停地叮嘱李庆千万要看好房，尽量省点。李庆把胸脯拍得啪啪响，说道：“难道你还不相信我啊?”

由于刘梅已经有了五个月的身孕，看房的任务就落在李庆一个人的身上。终于，他打探到了某小区一个二手房的价格比较合理。他就按照约定去看房。房子不大，才有五十多个平方，但房主因做生意急缺钱，所以把价格定得很低，经过一番艰巨的拉锯战，双方最后决定以十二万六成交，李庆觉得这在他们的承受范围之内，于是就跟刘梅打电话。刘梅说：“你看着行就行，我就不管了。我现在小娟家里呢。”小娟是她的老乡，怀孕后，她就经常到小娟那里玩，有时也在那里吃饭

李庆怕夜长梦多，当天就取了钱来。这时，房主说话了：“我还有一间车库你要吗?”李庆随口说：“不要。”在他看来，车库是富翁的奢侈品，他现在唯一的想法是给自己找个居所，而不是给什么车找个窝，买车他连想都不敢

想。房主继续说："都怪我刚才忘了告诉你，我的车库不在这座楼下，而在与这相隔着六栋楼的楼下面，所以我卖得比较便宜。"对他所说的这些话，李庆根本就没有往心里去。但是房主的另一句话让他很愿意听："有间车库方便，即使不放车的话，以后当孩子的活动室也挺好啊。"是啊，自己的孩子快要出生了，在这小家里，还真转悠不开。"那你要多少钱？"房主说："我也不多跟你要，我就说个实在的，你也不用还价，三万二。"李庆就一咬牙自作主张，答应了，他又跑了趟银行，把钱交给房主，然后就等着房主办过户手续了。

现在李庆心里很舒畅，多年的梦想总算实现了，于是就打电话给自己一块打工的几个朋友，把这件好事告诉他们。几个人很快就来向他道喜，然后就提议一块吃一顿，算作祝贺。酒喝到高兴处，李庆告诉他们自己还买了一间车库，大家都愣了，"哎呀，哥们你厉害啊，竟然想买车了。""你要那玩意干啥？根本没用，你可亏大了。""哥们，你被人耍了，一套房子就够你受的了，现在竟然想养二房啊。"于是大家都笑起来，"养二房"就成了他们取笑李庆的口头禅。他们这样一说。李庆就感觉心里堵得慌，是啊，自己根本没有必要买什么车库啊，一个打工仔，要那个不是被人笑话吗？他感觉到懊悔极了，就一杯接着一杯喝起来，很快就醉了。

刘梅回来的时候，李庆已经醉得不像样子了，他是被朋友给架回来的。刘梅看见自己的存折上还剩下两千多块钱，就急了，她原打算用剩下的钱买几件家具，还要留一些生孩子用。她使劲摇着李庆，大声问："十二万六买的房子，剩下的钱呢？"李庆迷迷糊糊地，说："老婆，我，我对不住你，我养了个二、二房……""混蛋，你说什么？你再说一遍！"刘梅急了，在她看来，李庆一定是在瞎说。但李庆竟然流泪了，一连串的对不起，说自己确实养二房了。气得刘梅打了他两巴掌，然后打电话给他的朋友张扬，问是怎么回事。张扬也喝得不少，但他知道李庆是背着刘梅买车库的，于是就闪烁其词，说好像是养了个二房吧，但随之又否定。这更引起了刘梅的怀疑，于是又问别人，答案跟张扬说得差不多。这下她信了，没想到自己辛辛苦苦跟着他打工挣钱，他竟然背叛自己。于是她一气之下走了。

李庆醒来后，发现刘梅不见了，赶紧给小娟打电话，小娟说她没有在这里，然后恶狠狠地说："李哥，没想到你还真有能耐啊。"说完就挂断了电话。李庆愣在那里，一时不知道该怎样才好。但后来也感觉没有什么大不了的，以前两人吵架时，她也经常离家出走，大不了就是去小娟家，连两天都熬不住就会回来。

可是两天过去了，刘梅还没有回来。他就又给小娟打电话，小娟没好气地说："她真没在我这，好像是回老家了吧。"李庆慌了，赶紧找出电话号码，往外市刘梅的老家打电话，接通了，但是没有说话，那边就撂了。再打，这回是丈母娘接的："庆啊，你安心在那边打工吧，小梅在这里，我劝劝她尽快回去。你不是买新房了吗，抽空好好收拾一下。"丈母娘很通情理。李庆早就知道。他跟丈母娘说："妈，你告诉刘梅，我不是那种坏人，她应当了解我的。"但是他实在没有把买车库的事情说出来。因为他想让老婆住在娘家也行，反正自己也不太会照顾孕妇，再说这样自己也可以安心上班挣钱啊，剩下的以后再解释吧。

房主的过户手续办得很快。李庆就把房子简单收拾了一下，基本可以住人了。这时他才想起那让他揪心的车库，于是拿着钥匙过去看了看。卷帘门都快锈坏了，他气得在上面踹了一脚，竟然掉下来一大块。进去一看，除了角落里躺着一辆破旧的自行车，里面空荡荡的。他真想在里面撒泡尿，来惩罚一下自己的无知和冲动。出来时，把卷帘门一拉就算完事了。

现在刘梅不在家，他也没有心情往新房里搬，仍然住在出租房里。他现在就是每天按时到超市上班，然后晚上还要到另一家商店去值班。他要用双倍的努力挣更多的钱。他知道刘梅一定会回来的，因为她的家乡有个传统，不能在娘家生孩子。

转眼已经过去四个多月了。这天，李庆正在上班，老乡打电话给他，让他赶紧回去一趟，他老婆回来了。李庆就跟经理请了假。

他先来到出租屋，发现新房的钥匙已经被老婆拿走了，看来她一定是去新房了。于是就马不停蹄地赶到新房。他很激动。按日子算，老婆应该快生了。

果然，老婆在新房里，一同来的还有丈母娘和小姨子。看见李庆，挺着大肚子的刘梅就艰难地装过身去，没有理他。小姨子也是横眉冷对，只有丈母娘跟他打招呼。

这时小姨子终于说话了："你要是真心跟我姐过日子呢，就好好伺候她，如果这段时间再惹她生气的话，你可能要后悔一辈子，别吃着碗里的看着锅里的。”李庆赶紧点头称是，表示一定努力工作，尽心照顾老婆。“但是，”他辩解道：“对你说的后一句话我不理解。我怎么会是那样的人呢。”旁边的刘梅嘴里“哼”了一声。丈母娘赶紧拉了她们姊妹俩一下，让他们不要再说了。小姨子却是得理不饶人，大声说：“你还不是那样的人呢，都养二房了。”

李庆说：“我，我不就是买了个车库吗。我都骂自己好几回了。”躺在床上的刘梅赶紧扭过头来：“什么，你买车库了？好啊，你也太大胆了，又是买车库，又是养二房的，你想干什么，是不是给你的那个二房买的啊，这日子到底还过不过！”李庆傻眼了，眼看局面没法收拾了。

这时，有人敲门，进来一个中年人。问道：“请问这是李庆先生的家吗？”李庆疑惑地看着他，说自己就是。中年人握住他的手说：“可算找到你了，我是向你道歉来了。”李庆更疑惑了。中年人继续说：“我没有征得你的同意，就把你的车库门给换成自动升降门了。”李庆现在是丈二和尚摸不着头脑。经过中年人一番解释他才明白过来。原来这人是做酒水生意的，因为进货量很大，没有地方储存。后来他就发现小区里有一间车库是空的，就打听是谁家的。物业帮忙联系了李庆，但是没有联系上。他就在征求了物业的同意后，把那个破门给换了，然后在里面放上自己的货。

李庆不知如何回答，中年人却拿出来一个厚厚的信封，说：“我一直千方百计在找你，这段时间我生意好，里面是四个月的租金，一共一万块。”李庆彻底傻了。他压根就没有想到事情会这样。他不敢接钱。中年人把钱塞进他手里，套近乎地说：“李先生，如果你车库不用的话，我还想继续租下去，就按每月两千五怎么样？当然你如果舍得的话我也可以买下来，价钱好商量。”李庆说：“好的，我先考虑一下再说。”

把这人刚送走。刘梅就从床上坐了起来，红着脸说：“你，你真的买车库了？给谁买的啊？”李庆点点头，然后反问道：“除了咱两个，我还能给谁买啊？”小姨子也惊讶地说：“光租金就每月两千多，简直是捡钱啊。”刘梅说：“那你告诉我养二房是怎么回事。”

李庆回答：“我买了车库，快后悔死了，不敢告诉你，我的那几个朋友就嘲笑我说是养二房。”

原来是这么回事啊。一家人这才化干戈为玉帛，个个喜上眉梢。李庆更是一天合不上嘴。没想到三万多的投资，不到半年就收回了三分之一。他想把车库卖了，因为现在急需用钱。可是也不知道到底值多少钱。刘梅就给他出了个主意。于是第二天小区的广告栏里出现了一份卖车库的告示。

很快，李庆的电话都快打爆了，价格最低的出到八万，最高的是十万。把一家人震得不轻。还是小姨子分析得对，这个小区里并不是每户都有车库，现在买车的在增多，而车库就那么多，不涨价才怪呢。

李庆说自己是养了只会下金蛋的老母鸡。李庆的电话又响了，又是一个要车库的，报的价格是十一万三。李庆问刘梅是否出手啊。刘梅说等等，再养上一段时间看看吧，兴许还要涨呢。然后她很高兴地说："老公，爱死你了，别人养二房往里头搭钱，你养二房赚钱，真有眼光，不过当时你要是多养几个二房就好了。"然后就咯咯笑着被推进了产房。

李庆心里说道："还多养几个呢，要是那样的话你还不把我活吞了啊。"

完　美

晓寒刚给一个病人开完药方，听对桌说治疗这种病的另一种药已经进来了。于是她赶紧追到门口，把病人叫回来。换了新药方。病人很疑惑，晓寒说："尽量给你用便宜的药。"病人说了很多感激的话。晓寒只是淡淡地一笑。她一贯的风格是做什么事情，都力求完美。要下班了，她才想起来，家里还有客人，是老公的侄子一家三口因找工作暂住这里。他们带着一个叫飞飞的小男孩，今天正好过一岁生日。这不说好今天要抓周吗。所谓抓周，就是看看按照当地的习惯，就是看看孩子会主动抓什么，以预测其未来。

午饭的时候，摆好了一大堆东西。有两本书，有零食，有秤，有玩具，飞飞围着桌子转了好几圈，几次都伸出手拿其他东西，但中间又缩回来，最后伸手拿起了书，而且是一本爱情诗集，这让一家人很兴奋，晓寒的女儿小佳说："妈，你看见了吧，这个小家伙将来是个情圣哩。这点像我爸爸，一辈子都对你这么好。"晓寒的脸上洋溢着幸福的微笑。

晚上，老公李俊杰回到家里听说了白天的事情，哈哈大笑。抱着飞飞亲了起来，并告诉晓寒，明天要出发。晓寒已经习惯了，于是默默地为他整理东西。睡觉的时候，像他每次出差一样，都跟晓寒好好亲热一番，而且很激情。然后，他搂着晓寒，并在她背后摩挲着。晓寒问他："你爱我的什么呢？"这个问题她已经问了无数次，李俊杰每次的答案都不一样。但是无论什么答案，都让她满意和心动。这次，李俊杰连想都没有想，回答道："我爱你的两面。前面和背面。"晓寒娇嗔地推了他一把："去你的！"然后问："你说我的背面是什么？"李俊杰说："你的背面是完美和无暇。"然后加大力气在她后背划了一下。晓寒对这个答案也很满意，笑了一下说："你的背面是真实和力量。”她也不知道为何，都到这个年龄了，竟然还有那种少女般心怀撞鹿的感觉。

老公走了，好像也带走了她的心。随着岁月的流逝，自己虽然已步入中年人的行列，但对他的爱在与日俱增。年轻时她不顾家人的强烈反对，义无反顾地嫁给他，与其说看上了他的非凡的文采和对少女极富杀伤力的英俊外表，倒不如说她欣赏他的能力。后来的实践证明，她没有看错他，他从一个小科员，一步步干到了局长的位置，而且是掌握实权的房产局长。更让她满意的是，虽然他位重权大，但是李俊杰没有其他官员那样的坏毛病，他不爱喝酒，从没有过酩酊大醉的记录。可他就是忙，而且经常出差。从内心里他不愿意出差，每次出差，他都无可奈何地叹着气，好像受很大的罪一样。她总会鼓励他，默默地看着他，然后一句浪漫的话：“等你回来。”他的业余时间，总是陪着她，他还下得了厨房，能烧几个拿手好菜。她很欣赏一句话，就是：看一个男人有没责任心，就看他能不能给女人一个归宿，直到女人人生谢幕时，这个男人还是唯一的观众。她很自豪的是，老公正是这样一个人。在单位，由于她的美貌和气质，不知道有多少人为之倾倒，但她从来都是视而不见，很多人说她太高傲。

这天，到了下班时间，她刚想离开，进来一个小伙子，要换别人就会把人给打发走了，但她还是坐下来问：“你哪里不舒服？”小伙子说：“你是晓寒大夫吧？我想找你谈谈。”她深感意外，问：“你什么意思？谈什么？”小伙子的脸色很难看。说：“就是谈你老公跟我老婆的事情。”她几乎全身的血都要涌上来了，呵斥道：“无理取闹是吧？你是谁？”没想到小伙子的眼泪竟哗哗地流了下来：“大姐，我也是没有办法才来找你的。我是张雯的爱人。”

用了大半个小时，晓寒终于弄懂他说的什么了。原来小伙子有一天突然在老婆手机里看见了一些信息，都很肉麻露骨。而且根据信息内容推断，两人已经是情人关系。当时他很震惊，于是他不动声色，并暗中进行了调查，弄清那是局长的手机号码。可是这样讲出来，晓寒根本不信，她感觉自己像在听一部天书，于是接连摇头。小伙子从兜里逃出来一部数码相机，说：“大姐，这是我偷偷地用相机照了下来，你看看吧。”说着就把相机递了过来。相机照得很清楚，不仅文字内容一目了然。而且手机号码也赫然在上。而这个号码确实是老公的。随之她又很怀疑地看着他：“小伙子，这是你合成的吧，你什么目的？”小伙子有些急了：“大姐，我一不会诈骗你，二不会跟你吵闹，我就是想让你知道这是真实的，然后回家管管你的老公，让他不要跟我老婆好了，我们才刚刚结婚半年，我不想跟她离婚。”看来，他不像是撒谎。她茫然不知所措，只是对小伙子说：“我知道了，你走吧，我想单独待一会。”

连自己怎么回到家的她都不知道。这时她想到了老公经常说的一句话：男人许女人一纸婚约，不仅仅是爱情，更是一份责任，履行一份责任，往往要比一句空洞的承诺对婚姻生活更有效。多么美妙的语言啊！难道真的只是表象吗？可是生活中，他的确做得很好啊。记得马上就要拍订婚照了，她故意试探他一下，让人捎信说她被车撞了，而且已经做了截肢手术，让他不要见她了。这样的试探，在今天看来好像很无聊，可在那时，还是比较少见的。那几天他真的满世界找她，并托人说要背她一辈子。而且在她家门前一待就是两天两夜，最后连爸妈都被感动了，从抵制到认可。前一段时间，一起看电视的时候，她开玩笑地说：“你何时也找个小三啊？”没想到他却急了，瞪着红红的双眼，起身去了自己的书房，最后还是她主动道歉才平息了他的怒火。“这样的玩笑以后不准再有。”他爱抚着她说。那一刻，她除了感动就是幸福。她知道自己拥有完美的爱情。

终于等到李俊杰回来了，很疲惫的样子。她感觉有点陌生，但是她很快调整了自己的情绪，尽量像往常那样问寒问暖。老公先去洗澡，机会终于来了，说实话，她从未偷看过他的手机，她一直认为那是很不齿的事情，但这一次，为了求证，她不得不这样做。她费了很大的力气，才找到信息功能区。但是里面除了几条别人通知他开会的信息外，没有其他内容。再看通讯记录，也几乎是零，没有那个张雯的号码。她悬着的心终于踏实了。

晚上他们释放了所有的激情。等停下来的时候，她就装着很随便地问了一下单位上的情况。“你们那里有个叫张雯的女孩吧？”她问，并紧接着打了个注释：“她有个远房亲戚在我们单位，想打听她的表现呢。”李俊杰好像怔了一下，但随之打了个哈欠，回答道：“有啊，表现一般，比较有个性，没有多少人喜欢她。”她就没有再问下去，这就是她要的答案。过了几天，张雯的老公又去单位找她的时候，她质问他是谁指使他，要陷害她的老公，然后就把他轰了出去。

这样过了两个多月，却传来一个几乎让她昏厥的消息，老公李俊杰被双规了，理由是他涉嫌经济问题，这是她绝对不愿意接受的理由。实话说，没有人嫌钱多，更没有人会跟钱过不去。但是在他们家就比较特殊，撇开两人不菲的工资收入不说，她出生官员家庭，她就一个弟弟，经营着一家属于自己的大公司，所以孩子的一切上学费用，她两个根本就不用操心，而且凡是购置什么大件，都是由弟弟埋单，所以她就去纪检部门申诉。工作人员告诉了她另一个已经证实了的消息，就是李俊杰与三个女人保持着情人关系！

可是她已经求证了啊，老公绝对不会是那样的人！她觉得天塌了。工作人员问她是不是还拥有一套豪华住房。她忙点头，说那是弟弟送给自己女儿的，于是他们要求要去看看。在审视了一番后，富有经验的工作人员就发现了墙壁上的一处玄机。打开小门，露出一个白色的保险柜。这样的机关，连她都不知道。在工作人员的陪同下，在他们家里找出了保险柜的钥匙，与此同时，他们也设法从李俊杰口里得到了密码。然而，众目睽睽之下，保险箱里除了一些文件，几件普通的首饰，和一万块钱之外，并没有办案人员推测的大笔现金。这跟李俊杰交代的很吻合。线索中断，案子办不下去了，除了认证了作风问题之外，没有其他问题。于是他被调往另一个部门任副职。

接下来就是李俊杰在晓寒面前的忏悔了，他请求她的原谅。他说："自己也是被冲昏了头脑，但是，"他辩解道，"这些年，虽然我在外面有情人，但是无论在物质还是在感情上，我没有欠过你什么。甚至我比其他男人更爱自己的老婆，现在不光在官场上，就是在普通民众之间，这种现象也不少啊，你又何必那么计较呢。晓寒，你没有听说过所谓的两面人吗……""够了！"她几乎是在怒吼，紧跟着就是她狠命甩来的一巴掌，多少年了，她这是第一次出手。

平心而论，他确实给了她很多爱。难道真应了那句话：没有多少男人经得起下半身的诱惑，风流才子如此，平凡男人也不能免俗。但是她绝对不能容忍自己的眼睛里的沙子，她几乎没有精力上班了。老是在考虑那个保险柜的事情。她认真研究了这方面的知识。得知有一种最新产品，就是在输入第一层密码后停顿几秒钟，再输入一个新的密码，就会打开箱内的第二层。现在第一层密码已经知道。那第二层密码呢？她在揣测，她为此而失眠，在分居的这些日子里，失眠成了家常便饭。直到那天半夜，晓寒想起了李俊杰说过她的背后是无暇。"无暇，完美"她默念了好多遍，感到无比的冲动，盼望着黎明的到来。

第二天刚天亮，她就来到新房。输入第一层密码，停顿，深呼吸，然后毫不犹豫地输入三个数字：100。奇迹出现了，保险柜在打开第一层门之后，又打开了隐藏在下面的另一层门，成捆的现金赫然而现。她迅速关上门，按照自己所掌握的知识，她把第二层密码改成了另一个数字：0！

接下来她开始心里矛盾了，举报，只能使李俊杰锒铛入狱，意味着一个人的命运从此改写，和一个家庭的破碎。可是听任之，也许他还会用这些钱去到外面，让彩旗飘飘。她想起了张雯老公那痛苦和无奈的泪水，再也没有犹豫，她走向了检察院。

她知道，这很悲哀，自己人生的戏才刚到的高潮，唯一的观众却开了小差。

农村老婆 PK 城市情人

乡卫生院的会计刘小可长得很帅气，闲着没事上网聊天，就聊上了一个网名叫“飘呀飘”的女人。感情这东西可真是奇怪，说有就有，说没有就没有。不知不觉，两人就有了好感，而且是那种欲罢不能，难舍难分的好感，他们很快就无话不谈了。于是就相约见了几次面，竟然互相喜欢得不得了，该说的说了，该做的也做了。两个人已经是谁也离不开谁，谈婚论嫁是很自然的事情。“飘呀飘”是个做生意的富婆，很有几分风韵，已经离婚三年，目前单身。刘小可是一百个乐意，他早盼望着离开农村到城里过富足的生活了。

但要命的是刘小可不是单身，老婆王子琼在农村，要模样有模样，当年是村里有名的一枝花。论学历，高中毕业，也能讲得过去。还为他生了对双胞胎女儿。刘小可第一次战战兢兢地提了离婚的事，王子琼就暴跳如雷，把他骂了个狗血喷头，看来这事不好办啊。“飘呀飘”要亲自出马，她开着小车来到村里找王子琼面谈，张口就说：“男人的心一出轨就回不来了，我不亏待你，给你三十万。”王子琼气愤地说：“三十万想买个人？你给我滚！”

又一次见面后，“飘呀飘”很不服气地对刘小可说：“我不相信对付不了一个乡下婆娘，不过咱也不能乱来，现在是法制社会，目标是离婚证。只要把这个东西弄到手，她就没脾气了，这样，我出四十万。”“四十万？”刘小可倒吸了口凉气，“你不能出那么多！”“当然，只要你按我说的做，三十万肯定能拿下，另外十万只是诱饵。”“飘呀飘”停了停接着说：“要是多花一分也是咱的失败，就看你的能力了，算是我对你的考验，可别让我失望啊。”刘小可笑着说：“我要没这点能力还敢娶你？”“飘呀飘”说：“先别吹，办不成，你就别来找我了。”刘小可说：“等我的好消息吧。”

这几天，刘小可在家里表现特好，家务活全包，还帮孩子辅导功课，一家人其乐融融。晚上，刘小可搂着王子琼说：“你真是木头脑子，我能跟那样的女人过一辈子吗？只不过逢场作戏罢了，咱先把她的三十万弄到手再说。”“鬼才相信你呢！”王子琼说着就背过身去。“你不相信？看，我这里还有十万现金呢，是这些日子我想尽办法从她那儿得来的。我一直舍不得花，就是攒着咱们过日子用，难道你还不相信我吗？我们有了这些钱干什么不行啊，你不是做梦都想办个养猪场吗。”说着就打开灯，从身子底下摸出来一个厚厚的纸包，在她面前晃了晃。王子琼一看果真是钱，“你说的是实话？”她很高兴又有点担心地问。“当然，拿回这些钱不就说明我是真心想跟你过日子吗。我可舍不得你和孩子，我的心根本就没有走。我们就先办个离婚，等把钱弄到手后咱再复婚。”王子琼想了好大会儿，说：“好吧，你明天让那臭女人把钱打过来，后天咱就去办手续。”

第二天趁赶集的时候，王子琼到农业银行查询了一下，果真有三十万。回到家里，她置办了一桌酒菜，对刘小可说：“毕竟咱们夫妻一场，就算假离婚也让人不是滋味。来，咱们喝几杯吧。”几句话竟说得刘小可眼圈红红的，两个孩子轮流给他倒酒。不一会儿，就有些撑不住了，说话和走路都飘飘的。”王子琼说：“早晚要办，咱就趁今天有空办了吧。”于是就租了辆车来到乡民政所。

刘小可满身酒气，东倒西歪。被民政所的工作人员训了一顿不说，而且一口回绝了他们的离婚请求。出了民政所的大门，王子琼说：“人家都说不能离，我看就算了吧。”刘小可一听就急了，坚持非要办成。王子琼说：“要不这样，我一个亲戚在这儿工作，你拿出点钱来，我们送点礼试试。”刘小可高兴起来，就糊里糊涂地从怀里掏出那个大纸包。“看把你醉的，”王子琼说着就一把夺过了纸包。不到一个小时，她就拿着离婚证回来了。刘小可嘿嘿地笑着说：“看，看来还是送礼管用。”

等回到家里时，却发现“飘呀飘”已经在等他们了。“飘呀飘”穿着城里很时髦的超短衣服，珠光宝气，妖冶得很。她一把抓过刘小可手里的离婚证嘲笑着对王子琼说：“看看你厉害，还是我厉害，”她挑衅地靠在刘小可肩膀上继续说：“从今以后，你的男人可就是我的了，你再无权干涉。”说着，在刘小可脸上就是轻轻地一吻，这下王子琼可傻眼了，气得脸通红，一句话也说不出来，憋了好久才从嘴里迸出几个字来："你们真够狠的。"

这时，刘小可酒醒了，慌慌张张地对"飘呀飘"说："坏了，亲爱的，她把我的十万块钱都拿去了。""飘呀飘"一听十分恼火，可她迅即又镇定下来，"不就是十万块吗，咱有的是。"说着拉起刘小可钻进车里，绝尘而去。一路上，"飘呀飘"自然对刘小可埋怨不止，十万块也不是小数目啊。

一个月后，刘小可跟"飘呀飘"结婚了，又过了十天，警察来找到刘小可，他涉嫌重婚罪被逮捕了。"飘呀飘"可急了，拿出老公的离婚证给警察看，警察说："这是假的，在外面花二十块钱就能做，这儿没你的事，你要是再闹，也跟我们走一趟。""飘呀飘"一下瘫倒在地上，她彻底没脾气了。

后来，刘小可被判刑一年零六个月。这回他不想离婚都很难了，是王子琼主动提出来的，她的心被伤透了。"飘呀飘"多次咬牙切齿地骂自己怎么找了这么个窝囊废啊，她本来想在网上继续"飘"，再聊一个，可是想想自己那四十万，没办法，还是继续等吧。可是嫁个劳改犯算怎么回事啊！她一连好几天都上火。

原来王子琼就自己办假证的事情到派出所自首，被从轻处罚，罚款二百元。后来她一度想把四十万再还给"飘呀飘"，毕竟不是自己的啊。但考虑到这样的女人有了钱还不知道要破坏多少家庭呢，倒不如把它捐给灾区，能让不少孩子上学用呢。于是就把这笔钱通过红十字会捐了出去。没想到捐款的事情被记者知道了，就来采访她，写成报道，在报纸电视和互联网上发表，很多人为之感动。几天后就有好心的网民给她打电话要帮助她实现办养猪场的愿望。最终一个规模不是很大但比较现代化的养猪场还是建了起来，赶上今年猪肉价格高，她挣了不少钱。更重要的是不光本村人来她这儿干活，还解决了城里的好几个下岗职工的再就业问题呢。连市领导都表扬她。这下她更加出名了，她也因此总结出来一个道理：人啊，只要别办坏事，有情有义，早晚会有好报。

第四辑

EPISODE 4

房子是个聚宝盆

会享受的小偷

同伙被抓走

何小手的真名叫何大军，“小手”是他们这一行里人们送给他的外号。这是因为他的右手在打工时被机器挤断了一个手指头，没有得到狠心老板的一分钱赔偿，连老婆也骂他窝囊，一气之下还跟别人跑了。还有一个原因是现在他刚刚出道，还没有做过几笔像模像样的生意。不是他做不成，是不想做。在路边摸个兜，在车上掏个包，他干过几次。但是总觉得不过瘾，感觉那是鸡鸣狗盗之徒的勾当，尽管儿子明明已经有好几天没有吃上肉了。俗话说：“爬窗上墙，小打小闹；飞檐走壁，江洋大盗；撬门开锁，生活诀窍。”他在一个街头艺人那里学到了一手开锁的独门绝技，靠着这个，他不愁没有饭吃。

在同伙大赖的鼓噪下，何一手准备去露一手。大赖是有名的能人，只要出去，从来没有空手回来过。这天，大赖说“我出去请你吃一顿，然后咱们活动活动。”于是他们领着各自的儿子，准备到一个饭店去，半道上，明明说肚子疼，去上厕所。正在这时，突然从旁边冲出三个人来，一下子将大赖扑倒在地。大赖又喊又叫，问你们是谁。“我们是警察！你老实点！”接着一副锃亮的手铐戴在了他的双腕上。一辆警察呼啸而至，大赖就这样被带走了。连回头看看儿子小海的机会都没有。八岁的小海在后面哭着追了一阵，然后问何小手：“叔叔，我爸爸是坏人吗？他们为什么抓我爸爸？”何小手茫然地摇着头，不知该如何回答。这时，明明回来了，不明白发生了什么事情。何小手赶紧把他们两个领了回来。在一个简陋的出租房里，何小手不停地劝着大赖的儿子。刚才的一幕，还让他胆战心惊，他想万一进去是自己，明明该怎么办？要是孩子知道自己是小偷，今后的日子会怎么样？他不敢再往下想。

他知道警察肯定回来搜查，于是赶紧带着两个孩子转移了。

大赖被判了三年，他的家里至今没有人来，老婆早就跟他离婚了，所以小海根本没有人管。何小手几次都赶小海走，可是每次小海哭着说："叔叔，你要是不要我了，人贩子就得把我偷去割下我的舌头逼我去乞讨。"何小手就一阵心酸，心也软了下来，后来就再没有赶过他。可是多个人多一张嘴，现在的状况是他干不了苦力活，他也不想干。下一步该怎么办？他苦思冥想，忽然就有了一个主意，他想该用自己绝活了。

绝妙的办法

他知道小区里有很多空闲的房屋。越是高档小区，闲置房越多，许多房子都是很久没有人来住。他想何不在这些房子上做些文章呢。这里有南北两个小区。以他的观察，南边的这个小区管理上稍微松散一些。于是他就给自己买了一身高档西服，然后到了小区去踩点。他看准了两套房子，这两套房子是对门，没有人住，他就用随身带来的工具试着开东边这一家，虽然是质量比较好的防盗门，但这根本难不倒他，一会儿，防盗门就被打开了，他进去一看，果然是空空如也，不过房子很大，三室两厅，还没有装修。他又打开西边这一家，里面虽然也没有家具，但是已经进行了精装修。

房子定下来后，他就在小区外面贴了个招租启事。没几天，果真有好几个人打电话跟他联系。问清对方的情况后，他就根据自己的判断，选择了一个认为合适的人去看房，来的是小两口，他把他们领到装修过的这套房子里，他们看后很满意。接下来谈论房租，何小手说咱按照市场价来，每月一千块钱，外加每月固定的 200 元水电费。他早打听过，小区是一年集中收取一次水电费的。接着他给了对方一个账号，让他们每月五号前把房租准时打上。还像模像样地同他们签订了租房协议书，要求他们注意环境卫生，遵纪守法。等把这一户安排好，他又如法炮制，联系另一个人，这是一个来做生意的，不是常住，而是每月住上十天半月的，当然房租还是全额缴。这样这两家租房的人互不认识，也不知道他是他们的同一个"户主"。

于是，他摇身一变，成了"吃房族"，就过起了衣食无忧的小康生活。每月两千多块钱的收入，虽说不是很多，但也够他们三人的生活了。

过了夏天，孩子就该上学了，公立学校不要，就联系了当地的打工子弟学校，这样加上自己的房租和孩子的学费，这点钱就捉襟见肘了，怎么办？看来还得往外租房子啊。他又看准了几套房子，其实，这里每栋楼上都有很多闲房子，有的甚至整个单元都是空着的，很多都是户主买了放着等增值的。也有为孩子买了将来结婚用的，尽管他们很多的孩子年龄还很小，而且很多房主都是外地的。也有买了房子专门供自己来旅游的时候小住几天的。他想这些房子闲着也是闲着，自己却要花钱去外面住又黑又暗的小平房，也太不公平了吧。于是这一次，他干脆一不做二不休，一下子弄了三套，根据门上灰尘的厚度，他推测这几套房子至少有一年没有人来过了。他把其中一套，留给自己住，把另外两套租了出去。来到宽敞明亮的大房子里，两个小家伙甭提多高兴了。明明问："爸爸，这是我们自己买的房子吗？"他笑着回答："不是，这是我们租的。"明明又问："那我们什么时候能买上这样的大房子呢？"他说："你们两个要好好学习，将来有了好工作，就会买上比这还要大的房子。"

何小手做梦都想住在这样的房子里。他感觉自己也一下子高贵了很多，每月一次到银行自己的账户上提钱。每天除了外出买菜，就是在家里看看电视。时间长了，胆子也大了，有时候还去楼下跟牌友打牌，或者找个人下几盘棋。

东窗事发

这样住了快半年，一起都很顺利。这天是星期天，何小手外出买东西刚回来，突然，有人打开门进了来。他心里一惊，难道自己担心的事情就要发生了？进来夫妇两个人，他们一看里面有人，也是很惊讶。打扮入时的女人的赶紧道歉："对不起，对不起，我们走错了。"说着就往外走。可是刚到门口，又返回来了。"不对呀，这就是我们的房子。"然后厉声问道："你们是谁啊？怎么住我们的房子？"何小手早有预案，赶紧说："我们是租的别人的。你们是谁？"他这一说，男的可就急了，呵斥道："胡说，这是我们的房子，谁租给你了！"说着就掏手机报案。何小手一看事情闹大了，连忙拉起两个孩子就要走。他们夫妇两人拦住不让他们出门。何小手刚想硬挤出去，警察及时赶到了。

一会儿，物业公司的人也闻讯赶来。警察先询问情况。夫妇说："我们前年就买了这套房子，只住过几天，没想到现在竟被他们给住了。"他们越说越气，看到物业公司的人，又质问道："你们是管着干什么的，连小偷进来了都不管。"警察制止了他们问："拿出你们的房产证来我看看。"女的说："难道我们出门还要随身带着房产证啊？这是我的身份证，你们可以到物业去查。我是户主，我叫王晓曼。"何小手心里暗暗叫苦，现在是插翅难逃了。

何小手被带到警务室，物业人员和那对夫妇也来做笔录。何小手看再也瞒不住了，只好承认了自己破门而入的事实。警察准备以私闯民宅的罪名申请逮捕他。何小手悲伤地说自己也是没有办法，进城来打工，没有住的地方，万般无奈下才想了这么一个办法。警察问："这两个孩子都是你的？"何小手指了指小海说："他是我朋友的。"然后就把大赖的事情讲了一下。"原来你还是有前科的啊？"警察冷冷地问道。何小手不想当着孩子的面说，就把孩子支到了一边，然后把自己做过的几次案子都坦白了。不过他对往外租其他几套房子的事情只字未提。

峰回路转

在一旁的王晓曼看着两个瘦巴巴的孩子说："看不出来，你还是一个有情有义的人，连同伙的孩子也一起养着。"何小手说："大姐，你就不要挖苦我了，我是看孩子可怜，我们走过邪路，可是却都想让孩子走得堂堂正正。"王晓曼跟丈夫简单地商量了一下，然后对警察说："同志，我现在不想追究他的责任了，我可以撤案吗？"警察让她想好，对待这样的惯犯可不要意气用事。王晓曼说："我想给他一次机会。"于是她办了一下相关手续。警察也让何小手把身份证押下，随后他们又一起来到物业。

何小手说："大姐，谢谢你救了我，我马上就搬走，我会把房租给你补齐的。"王晓曼夫妇说："算了吧，看你也是很真诚的，我们决定把房子免费给你住。""你说什么？"何小手不敢相信自己的耳朵。王晓曼说："除了经营公司，我也是经常搞慈善事业。俗话说房屋住人，家兴人旺；房屋一空，倒墙断梁。这么大的房子空着也是空着，我们每年也来住不了几天，就算是给我们看着房子吧，希望你让两个孩子好好上学。不过我们要办理好正规手续。”何小手一听，非常高兴和激动。说道：“大姐，难得你这么看得起我和相信我。”过了一会儿，他像下了很大决心地继续说道：“大姐，我要是再隐瞒下去就对不起自己的良心了，其实我还有几件坏事没有坦白呢。”在众人疑惑的目光中，何小手说出了其他几宗撬门租房子的事情。物业人员一听就火了，“好啊，你个家伙，竟在我们眼皮子底下，干了这么多坏事！”

何小手说：“不用你报案了，我现在就去自首。”

最终，何小手因为认罪态度好，并退赔了所有非法所得，被轻判了缓刑。王晓曼夫妇没有食言，仍把房子让他们免费住。在好心人的帮助下，何小手在附近找了个工作，过上了自食其力的生活。而受这件事情的启发，王晓曼灵机一动，她在网上向城里的多房族发出倡议，倡导大家自愿把闲置房以尽可能低的价格租给那些低收入人群，为资源的合理配置做出自己的贡献，并给这个项目取了个好听的名字，叫做：爱巢善心层层递。尽管一开始响应者寥寥无几，但她满怀信心地表示要把这个项目继续做下去。

看着社会上人们对这件事情议论很多，何小手，不，何大军，不无自豪地说：“我还是这件事情推动者呢。”

恋爱新潮流

乔玮婷是个白领，眼看都要奔三了，还没有找到自己的另一半。不是她找不到，要学历有学历，要长相有长相，工作也很不错，关键是她好像一点也不急，心里都没有想找的意思，整天笑呵呵的，像没事人一样，常挂在嘴边的一句话就是：慌什么，还早呢。在这样一个国际性大都市里，像她这种情况可是不少见。前两天，单位的马大姐给她介绍了个各方面都很出色的小伙子。让她见一见，她总是推三推四的，气得马大姐指着她的额头说道："条件这样好的小伙子别人想攀都攀不上，你就等着当剩女吧，看谁还管你的闲事！"她倒是把头发一甩，笑着说："不管就算，那你就别想吃喜糖了。"

心里最心焦的还是她的父母。眼看好小伙子一个个从自己眼前溜走，成了别人家的女婿，当父母的心里那个急啊！连着替她参加了几个相亲会。也有不错的人选，但是最后都在女儿这里搁了浅。这天是周末，她本想去逛街，被妈妈给堵在了房间里。她可是个孝顺女儿，看妈妈满脸怒气，赶紧问："妈，怎么了？您哪里不舒服？"妈妈也没理她，劈头就问："你今天就给我个答复，到底还找不找对象了？"原来是这事啊，她扑哧一下乐了，说道："妈，您怎么又提这事啊，我不是说过再等等嘛。""等等等，等到你六十了，谁还会找你啊！"说着就把一大堆照片撒在了桌子上，"这是昨天我跟你爸参加一个相亲会找来的，你就从这里头选一个吧，上面都有情况简介，还有联系方式。告诉你，今天要是选不出来就别想出门。""妈，你这叫军阀作风，哪有这样硬拉的啊，小心我要告你侵权。"她撒起娇来妈妈拿她也没办法。

果真，妈妈也软了下来，开始心平气和地给她做思想工作，并头一次打出了悲情牌，"你是家里唯一的孩子，要是这件事情解决不好，我跟你爸今后可怎么过啊。”乔玮婷赶紧来给妈妈捶背揉脖子，说了好多好听的话，逗妈妈笑。这样过了好大会儿，妈妈情绪才好了些，然后想起了什么似的，说道：“昨天挺笑人的，在现场有个山东的小伙子，看了你的照片，大声喊道真是个难得的大美女。呵呵，不过他要是咱当地的就好了。”一听这个，乔玮婷嘟囔道：“外地的怎么了，你忘了，去年我坐火车出差遇见坏人，不就是山东泰安的一个人帮忙替我解围的吗。”“看，就是这个，浓眉大眼的多好，不过我可不会让你嫁到外地去。”妈妈说着把一张照片递了过来。照片上这个小伙子与其他相亲对象相比，确实玉树临风，让谁看了都不免心动。妈妈却把其他照片往她眼前一推说：“抓紧从这里面选出一个来，完不成任务，小心点啊！”

过了几天，也没见有什么动静。妈妈又着急了，爸爸却说再等几天看看吧。还是爸爸的眼睛独到，他发现这两天女儿的短信多了起来，有时吃饭的工夫还能收到好几条。脸上也是一副别样的幸福表情。爸爸跟妈妈相视一笑，看来是有情况啊。

这样过了一个月，乔玮婷突然郑重宣布自己恋爱了。这让爸爸妈妈高兴万分。妈妈问：“快说说，对方是个什么情况，何时领回家来让我们看看啊？”然后又问道：“是照片上的哪一个啊？”乔玮婷两手一摊，说：“我可能让你们失望了，不过你们可千万别生气啊，我找了个外地的。”“你说什么啊，孩子，难道你要嫁到外地去吗？”妈妈一阵惊呼。

乔玮婷给爸爸妈妈倒了一杯水，然后坐下来很耐心地给她们做起了思想工作。原来，她以前之所以没有找对象，确实是没有合适的。乔玮婷是个非常有心计的女孩子，她是家里的独生女，她一直在思考自己结婚后爸爸妈妈怎么办。现在她发现妈妈几乎一天也离不开自己了。只要她不在家，每天至少一个电话，只要一天听不见她的声音，就心烦意乱的，什么也干不进去。有一次她出差，因为忙得没空打电话，结果第二天，妈妈上来就问怎么这么长时间没有联系啊。当时她都乐了，说妈妈，这不才一天嘛。事后她想随着年龄的增大，父母会对家庭对孩子有一种依赖感。她又上网查了很多资料，发现这是一个很普遍的情况。在小区里，她还发现了这么一个现象：一到周末或者放假时间，尤其是到过年过节的，假如哪家有个儿子，就会一家三口来到父母家，一满屋里的人其乐融融，很热闹，但是如果这家是个女儿，情况就不一样了，因为女儿出嫁了，自然要到男方家去，所以只剩下老两口，很孤独，也很冷清。虽然现在提倡可以轮流过，也可以把两家老人集中在一起，但是操作起来谈何容易，再说也不是长久之计。她不敢想象，如果自己不在家里了，爸爸妈妈有多么难受。这是一个不容回避的问题，必须要正确面对。她想自己不能自私。那天妈妈带回来那几张照片，尤其是看到有个外地小伙子时，让她眼前一亮，就跟这个叫王云哲的小伙子联系了一下，没想到很快就擦出了火花，两个人都有一种相识恨晚的感觉。他在一家公司做中层，条件也不错。她感觉到他是一个很负责任的男孩子，跟他在一起，乔玮婷有一种安全感。当然这还不是乔玮婷最关心的，后来她问了他家里的情况，得知他在山东老家还有个哥哥。她一下子就放下心来了，就很投入地跟他恋爱起来了。而且在交往的过程中，她把自己的想法告诉了他。让他就在这个城市里安家，然后逢年过节在这里陪自己的父母，本来会以为他会说自己自私呢，没想到他很赞同，并表扬她考虑得周到。说这没有什么，完全可以理解，反正家里还有哥哥他们，我们可以在平时多回去几趟，这样同样可以孝敬父母啊。他还说了一句让乔玮婷很感动的话：我们以后要把对方的父母当成自己的亲生父母。乔玮婷还是不放心，就想把事情做得更加完美一些。以后要征求王云哲的父母，也就是自己未来的公公婆婆的同意。

听女儿这样一说，爸爸妈妈都很感动，妈妈竟然还在擦眼睛。乔玮婷故意说道："妈，您这是干什么啊，不同意就算啊，要不我找个当地的也行啊。只不过就没办法陪你们了。"妈妈这才破涕为笑。爸爸说："找个条件好的当地小伙子，叫做强强联合，找个外地郎嘛，叫做资源的合理配置。行，宝贝女儿，我们是举双手赞同。到时候你们就跟我们一起住这套大房子。"爸爸妈妈同意了，接下来就可以大胆地跟王云哲交往了，并把他领回家来，吃了好几次饭，爸爸妈妈都很满意这个未来的女婿。后来他们两个人一同回到王云哲的老家，拜访了父母。王云哲的父母见了这个从大城市里来的漂亮儿媳妇，高兴得合不拢嘴。乔玮婷是个爽快的姑娘，出于尊重，她把自己的想法告诉了公公婆婆，他们都说："只要你跟云哲幸福，我们就高兴，云哲在你们那里安了家，我们还多了个落脚的地方呢。"乔玮婷表示一定会尽心孝顺两位老人，并很郑重地邀请公婆五一去参加他们的订婚典礼。

"五一"节订了婚，两人的关系就算确定下来了。送走了客人，爸爸笑着对妈妈说："怎么样，当初我们就看中了这个小伙子，没想到真的成了我们的女婿。我们的计划很完美啊。”妈妈赶紧嘘了一声。可还是被房间里的乔玮婷给听到了。“好啊，你们合起伙来糊弄我，这是你们早就预谋好的吧。”

爸爸这才对女儿说了实话，原来那天他们代女儿参加相亲会，因为人多，妈妈一不小心被挤倒了，这时一个小伙子不顾自己被别人踩踏的危险，把她扶了起来，并把她搀到一个空地，帮她揉受伤的腿。然后他们攀谈起来，得知小伙子也是来找自己的另一半的，就问了他的一些情况，并向他索要了照片和联系方式。爸爸笑着说：“当然我们也有私心啊，就想着等退休以后，我跟你妈妈去爬泰山时，可以住在亲家那里。”

乔玮婷可不乐意了，把嘴一撅，说道：“那你们怎么不早告诉我呢?”

妈妈说道：“我的小祖宗，我们说话你什么时候顺着听过啊，哪次不是我们让你向东，你偏要向西啊!”

今宵情归

1. 初来体验到温暖

上班时间，魏文哲正在忙着整理资料。部门经理推门进来，大声说：“给大家介绍个新同事。这是小尹。”说着指了指旁边的一位女士。这段时间，受金融危机的影响，人总是进进出出的，大家都习以为常了。但是魏文哲还是下意识地抬了抬头。这一看，让他心惊不小，面前站着的这一位，用“非常漂亮”来形容显然是不够的，应该叫作沉鱼落雁吧。人长得漂亮，气质好，而且特有风韵。反正就是一个几乎完美的少妇。

“我叫尹菲菲。请大家以后多多关照。”说着就很大方地来跟大家一一握手。部门经理挨个把大家介绍给她，然后对魏文哲说：“小魏，你负责把办公桌还有其他办公用品给小尹安排好。”这可是他求之不得的，赶紧就收拾了一张空桌子，并自私了一下，把这个美女安排在了自己的对面。引得其他几个男士发出一阵起哄的嘘声。“有什么要求你尽管说，不要客气。”他说道，尹菲菲很感激：“谢谢，以后肯定不少麻烦大家。”声音温柔，动听。

但是接下来的日子，尹菲菲好像不大爱说话，总是很忧郁的样子。在办公室，魏文哲是一个比较活跃的人。总是爱讲些笑话，让办公室不会沉闷，时时都充满了笑声和朝气，并经常把大家逗得前仰后合。尹菲菲也会在这个时候，笑得脸上舒展开来，使她显得更加妩媚动人。魏文哲也试探着问尹菲菲一些问题，包括她是从哪里来的。尹菲菲也就多多少少透露了一些，说自己原先的那家公司，离家很近，生活比较方便，但是效益不好，只好辞职了。而现在待遇倒是挺好了，可离家太远，连孩子都没有办法照顾所以准备在这附近租房子，言谈中她透露出淡淡的忧愁。知道了这些，大家都对尹菲菲，尽量照顾，尤其是几个男士，更是大献殷勤。

作为办公室的小组长，这几天魏文哲就特别留意租房信息，正好有一套两居室的房子，感觉比较适合尹菲菲。就约了她去看。尹菲菲比较满意。魏文哲说："你要是满意，就让我帮你办吧。"剩下的事情，包括房租价格和一些日常设施都在很短的时间解决好了。这让尹菲菲很感动，心里热乎乎的。也对魏文哲雷厉风行的办事作风很欣赏。

2. 关系在走近

这天中午，魏文哲在办公室里没有休息，看了一会报纸，就拿出手机来，把以前的一个很好笑的笑话调出来。因为办公室都张贴着所有人的联系方式，于是他就输入了尹菲菲的号码。这是他第一次给她发信息。过了一会儿，尹菲菲的信息回来了，上面写着：原来真是哥的信息啊，你的笑话很好玩，我心情好多了，谢谢你，哥。

平时，魏文哲除了工作，就是给尹菲菲讲些工作要领以及在公司要注意的事情。虽然他们的工作范围不一样，魏文哲是负责销售，尹菲菲是管文案设计的，但是他所介绍的公司里的一些人文特点，正是尹菲菲求之不得的。尹菲菲对魏文哲很感激。第二天，他收到了一条电信公司的信息：你已经充值成功。紧接着是尹菲菲来的一条：哥，给你充了50块钱，希望你每天给我一个笑话，专款专用。这让魏文哲心里一动。

以后，魏文哲每天都会给尹菲菲一个笑话，再往后就发些互相勉励的信息。在这样的聊天中，有一天，尹菲菲问："哥，你家嫂子干什么工作啊?"魏文哲犹豫了一会儿，告诉她，老婆原先也在一家很不错的公司上班，而且业务也非常好，但在一次事故中，她不幸把脸给烫伤了，虽然不是很严重，但是爱美的她从此就不爱出门。"你可以给她更多的鼓励，慢慢她就会好起来的。"尹菲菲给他建议，但是魏文哲好像不大愿意谈这个，很快就转变了话题。

随着时间的推移，两个人的话题越来越广泛。魏文哲很欣喜。感觉跟她聊天，有一种说不出来的激动和冲动，总感到时间过得很快。他本来下午都是下去搞市场调查的，但是自从尹菲菲来了之后，他能不下去就不下去。两个人接触的时间长了，魏文哲在感情上好像就有了微妙的变化，在尹菲菲这里，他好像找到了一种感觉。尤其是尹菲菲离家很远，一个人在这里住，他感觉有了些可乘之机。实话说他并不是很随便的那种人，但是自从老婆出事以后，他们就基本上没有了夫妻生活。老婆的心态变化很大，除了莫名其妙地发脾气之外就是沉默，这让他体会不到一点家庭的暖意，而是感觉到很压抑。在家里两个人总感到别别扭扭的，这让一个虎虎生威的男人是很憋屈的。

3. 谈及婚外情

这天，魏文哲发了一个比较敏感的信息，问她怎样看待婚外情，然后他就是焦急而忐忑不安地等待，但是过了好久，尹菲菲都没有回信。但是他想自己一定要锲而不舍，他就不相信凭借自己谈吐不凡的口才和帅气的外表会搞不定这个独处的少妇。可是尹菲菲很狡猾，就是对他这方面的话题不感兴趣，总是顾左右而言他。对工作对生活的其他方面话题，尹菲菲都很积极地回应。而且表现出了她健谈和渊博的一面。这样过了很长时间，当魏文哲再次提到这个问题的时候，尹菲菲回答道："这应该是每个人有不同的情况吧，难道这还有统一答案吗?"然后她再一次问了他老婆的情况。他回答说："要不是为了孩子，我或许会选择离婚。""要是那样的话，你就是一个没有责任心的男人，这样的男人可是没有人喜欢的。"尹菲菲劝他说。

周末，单位举办篮球赛。魏文哲是主力队员，他上场的时候，拜托尹菲菲帮他拿着手机。中间的时候手机响了，她看着号码没有接。正好也到了休息的时候，就把手机递给了魏文哲，是他老婆打来的。

真正让尹菲菲对魏文哲产生好感的是发生在路上的一件事。那天，他们从公司里出来，刚走没多远，就看见一个个老太太被一辆高速行驶的摩托车给蹭倒了，老太太一下子就昏迷过去了。摩托车只略微停顿了一下，最终还是逃走了。魏文哲二话没说，就要去搀扶老太太，周围的人都说："你真敢救人啊。不怕被赖上吗!"但是，魏文哲像没有听到一样，急忙抱起老太太拦了辆出租车，把老太太送到医院，垫付了住院费用，并等到老太太的家里人来。后来尹菲菲问他果真不怕吗。魏文哲回答说，事后有点怕，但当时没有想到这么多，不过真正赖人的毕竟是少数。

也许是水滴石穿吧，功夫不负有心人。在后来的聊天中，尹菲菲终于勉强接受一些敏感话题了，但总是浅尝辄止，不会深谈。不过这也足以让魏文哲高兴万分了。

后来，有一次，他问道："你说同事之间会产生婚外情吗？"尹菲菲回答道："不会有，也不能有！别忘了，你还是我哥呢！"并且很快就转移了话题，这多少让魏文哲有些失望。但是他想这也许就是女人的矜持吧，只要注意把握好分寸和时机，早晚会攻下这个堡垒来的。"五一"节的时候，公司里要组织一次郊游活动。尹菲菲对魏文哲说："带着你的老婆一块出去玩吧，这正好是改变她的机会。"魏文哲说："试一试吧，不过不大可能说服她。"最终他的老婆也没有参加，他只是带了儿子一块来。那天，尹菲菲也带了她的女儿雯雯，魏文哲对她们娘俩很照顾，尤其是对雯雯，一会逗她，一会背着她；而尹菲菲也是对魏文哲的儿子照顾有加。一身白色运动装的尹菲菲也自然成了焦点，他们玩得很开心，他们之间的关系也更加深了一大步。

这天回到家里，老婆晓倩声音幽幽地说："我想开个店。"魏文哲吓了一大跳，心想她一定是发烧在说胡话，就没有搭理了，而是闷头做饭。这段时间，她不出门，整天除了手里攥着手机发信息，就是上网，也不知道在忙活啥。只要她不发脾气，干什么就由着她。他也懒得管了。

"难道你没有听见吗？"晓倩声音里明显不满意。他连头都没有抬，问道："是开网店吧？""什么网店，我想在外面租间房子。"这倒是他没有想到的。"我想开个化妆品商店。""行，我赞同，需要多少钱我负责。"看着她不是开玩笑，他也很高兴。"人不能封闭自己，就是要走出去，亲爱的，我以前是不是太过分了？"他无言以对，感觉老婆今天有点怪怪的。

在家里，魏文哲跟老婆都是分居的。这就给了他自由，所以很多信息都是在晚上发给尹菲菲的，现在他们几乎是无话不谈了。有时候，魏文哲会打个擦边球，引出一些性爱方面的话题。虽然尹菲菲没有像以前那样反感或者抵触，但也是劝他跟老婆多主动一些。这样的情况有很多次，魏文哲也就有些心动。

第二天是周末，孩子没有去了外婆家。晚上，老婆去洗澡。魏文哲正在上网，一会儿，老婆已经站在了他的后面。他虽然一惊，但还是被她那迷人的装束给差点电倒了。两年多了，他都没有动过她一下。现在，他不能自制了。她也咯咯笑着，脸红红的，并一下抱住了他。虽然这一次不是很完美，但毕竟有了突破。事后，两人谈了很久。尽管也时有争吵，但更多是一种交流。经过一阵忙碌，一个月后，晓倩的商店终于开张了。

4. 渐行渐远的婚外情

有一次聊天时，尹菲菲无意中说出马上就到自己的生日了。这让魏文哲心里一动，感觉这是一个很好的机会。马上发信息过去，问她喜欢什么样的礼物。尹菲菲说自己喜欢小吃，你就买上一车零食吧。魏文哲说好啊，保证让你吃个够。

其实，魏文哲打起了小主意，他大着胆子买了条高级睡裙，想象着她接过礼物的表情。或许，那会是一个非常浪漫的夜晚。

经过了几天的焦急等待，终于到了这一天，魏文哲一身休闲装，怀着激动的心情，提着礼物到了尹菲菲家里。

尹菲菲打开门，魏文哲把手里的献花递过来，然后就想顺势给她一个浪漫的拥抱，尹菲菲狡猾地躲开了，做了个非常优雅的请的姿势。“快出来，客人来了！”魏文哲一愣，刚要说什么，一个男子从厨房里地走了出来。“这是我老公。”尹菲菲笑吟吟地介绍道。魏文哲感觉自己一下子从赤道到了南极，用三个字来形容比较合适，那就是：透心凉。“我叫张扬。”男子自我介绍道，并跟他握手。魏文哲只好强打笑颜，并很机智地回话：“你好，经常听小尹说你很优秀，所以我早就想认识你了。”

张扬把魏文哲安排在座位上，对尹菲菲说：“我们可以开始了吗？”尹菲菲说：“还有一个人呢！”正说着，门铃响了，打开门的时候，魏文哲几乎要吐血了，门口站着的竟然是自己的老婆晓倩！

晓倩也愣住了，尹菲菲笑着把晓倩介绍给自己的老公，然后说：“你们两个就不用我介绍了吧？”晓倩看着尹菲菲说：“你好，‘快乐的鱼’。”尹菲菲说：“你也好，‘醉心以前好时光’。”看着魏文哲和张扬疑惑的目光，尹菲菲解释道：“我们是无话不谈的网友。”晓倩有点吃惊地说：“我压根没想到，你跟文哲竟然也认识。”尹菲菲说：“是啊，我们不光认识，而且还是同事。否则还没有机会跟你认识呢。”魏文哲像在雾里一样。

大家边吃边谈。这才知道，尹菲菲知道了魏文哲家里的情况后，就以一个陌生人的身份给晓倩发了些鼓励性的信息。后来她们就有时通过手机信息聊，有时在网上聊，给了晓倩许多自信，让她最终从阴影里走出来。

“真是谢谢你，小尹，要不是你，我现在仍在家里窝着呢！而现在不但我找回了以前的我，而且生意也真不错。”晓倩端着酒杯说。“你不要谢我，我们是双赢，你的货都是从我妹妹那里进的，也扩大了她的生意量。”

张扬也是一个非常健谈和风趣的人，这跟魏文哲的性格有相似之处。两个人谈得很投机，竟然有了互相照顾生意的意向。

离开的时候，尹菲菲把魏文哲带来的那个衣服袋偷偷塞进了他手里。一路上，晓倩都是挽着他的胳膊，就像以前那样。回到家里，晓倩打开了衣服袋，看着那件睡裙，感动得热泪盈眶，说：“老公，谢谢你，还记得这个特殊的日子，给我买了这么贵重的礼物。”魏文哲有点蒙蒙的。晓倩没有注意到他的表情，继续说：“我们结婚十周年了。你是一个细心的人。”那一晚上，两个人都很激情，很投入。

第二天，魏文哲给尹菲菲发了信息：你可真够狡猾的，不过，仍然谢谢你。

尹菲菲回信息说：“谢谢你昨天能参加聚会，其实，我的生日早就过完好几个月了。”这下，魏文哲真的愣住了。

自此以后，两家人经常来往。在单位魏文哲因为不凡的业绩被提拔为部门主管。他跟尹菲菲始终保持着一种名副其实的兄妹关系。魏文哲跟老婆晓倩的家庭也恢复了以前的和睦和温馨。

天使的信

这段时间，学生买零食的很多，尽管学校里责令关闭了小卖部，但是学生就把零食从外面带进来，吃不了的就乱扔。昨天，我没收了一个女生在课堂上传的一封信，打开一看，里面都是交流什么什么好吃，到哪里去买。我很生气，当场批评了她。

回到办公室，我心绪难平，这些孩子家庭条件都不错。该怎么教育他们呢？第二天上课时，我说：“同学们，今天给你读一封信吧，这是一个留守儿童写给她爸爸妈妈的一封信。”为了取得震撼的效果，我让语文课代表来读的。

亲爱的爸爸妈妈：你们好吧？你们走那么久了，我们也开学了，现在我向你们汇报一下这段时间的情况。

学校报名的最后一天，我就带弟弟去报名。

今年要上一年级的学生很多，听说新同学报名会很麻烦，我有点担心。

报名的地方有很多人，很多都是大人在围着。我们根本挤不进去。有几个大人还跟老师吵起来了，我就带着弟弟坐在教室前面的台阶上等。

三年前我上一年级，是爸爸带我来报名的，一会儿就弄好了。可是现在要等很久。我问弟弟想不想爸爸，弟弟说不想，我狠狠地批评了他一顿。快12点了，来报名的人越来越少了，终于给弟弟报上了，在一（3）班，我以前也在一（3）班。

然后我去给自己报名，老师批评了我，说我来得太晚了，但最后还是把名给报了。明天，我和弟弟就就要上学了，下午为弟弟买好了铅笔、橡皮、文具盒，还有本子。他要零食，我没有给他买，说爸爸妈妈挣钱不容易，不能吃零食。弟弟抹了下鼻涕，很生气的样子，生气也不能买。这个月的生活费都已经超了两块三了。

开学第一天要举行开学典礼，要很早很早就到学校，也就是说我要更早更早起来，幸好不是冬天。早饭吃什么呢，我倒真是想了很久呢，弟弟不喜欢吃辣的，而我喜欢吃辣的，可怎么办呢？终于决定带弟弟到外面吃粉干。而我要趁着这点时间把菜园子里的菜摘下一点来，要不中午又不知道该吃什么了。弟弟还在睡觉，我本来想让他帮我的，可他太小了，才6岁，于是我就自己去摘菜了。隔壁吴阿姨起得也很早，和我一起摘菜，还夸我能干呢。

我们上了好几天学，感觉很好。过了一段时间，老师来找我，说让我当宣传委员。我很高兴，我喜欢把自己的字漂亮地写在黑板上，再加上许多很漂亮的画儿。我的字写得很漂亮，读幼儿园的时候，妈妈每天都陪我练字，横平竖直地写：上大人，孔乙已，化三千，七十士。后来妈妈去了南边工作，我也一直在练，一练字就能想起妈妈。

可我拒绝了老师，老师问我原因，我一句话没说。因为我下午回家要做饭，要洗衣服，要做作业，要检查弟弟的作业，还要陪弟弟练字。我想，等弟弟长大了，练字的时候也一定能想起我。

可是爸爸妈妈你们知道吗，我真的好想当宣传委员。

国庆节放假了，我和弟弟哪儿都没去，做完作业，我俩就在门口的石墩上坐着。我知道弟弟在想妈妈，我也在想。我们都想得要命。爸爸妈妈，此刻你们在干什么，是不是也在想着我们呢？爸爸妈妈你们一定干活别太累，要吃好饭。这样才有力气干活。

又开学了，终于上课了。

同学们都兴高采烈地谈论着他们假日里的趣事，并争着告诉老师，他们和爸爸妈妈去了哪里玩，老师也问了我，我说我在想妈妈，老师看了我一眼没有说话。

下课后，老师让我填一个表，老师说我是留守孩子，要填这样的一个表，做一个统计。

老师问我的临时监护人是谁。

我对老师说没谁！

老师以为我不知道什么叫监护人，又给我解释一番，她问我谁帮我做饭，谁帮我洗衣，谁帮我检查作业。

我悄悄地问老师，我能不能是那个谁？

老师很生气地拍了拍桌子，“也就是说现在没人带你，你自己做这些家务？真是的，你爸爸妈妈也真够狠心的，怎么能这样？你弟弟还在读一年级吧？也要你照顾吗？真是过分！你爸爸妈妈怎么能这样啊！”

我看着老师生气，看着老师批评我爸爸妈妈，没说一句话。我觉得，老师说得对，也觉得老师说得不对。

老师后来向我要了爸爸的手机号码，说要教育爸爸！可是，打不通！

我知道打不通，因为我每天都打，从没通过。所以我就下定决心，给你们写这封信。很羡慕你们说的以前买张邮票才八分钱，现在要一块二，够我和弟弟买几本作业本的了。另外，这几张信纸是我走廊里捡的，所以，妈妈你看完这封信后再把它寄给在杭州的爸爸，我就不用再给他写了。

信读完了，班里先是很寂静，同学们确实被感染了。有的学生眼睛都湿润了。这时有个比较淘气的孩子站起来问：“老师，这封信不是你为了教育我们自己编的吧？”我没有生气，然后给他们讲了这封信的来历。

那天，我在西城市场上买东西，自行车里装满了菜和鸡蛋。正当我停下车子再买点东西的时候，自行车没有放好，眼看就要倒了，这时在旁边水泥台边的一个小姑娘手疾眼快帮我扶住了自行车，一场虚惊。我打量了一下这个小女孩，她也就是八九岁的样子，扎着两个小辫。我先向她表示感谢，然后问她怎么在这里写字啊。她说在等弟弟。我说：“你让我买的的鸡蛋没有碎掉，我用什么感谢你啊？”她说：“叔叔，不用感谢。”想了一会，她又说：“你要真想感谢我的话，就帮我检查一下这封信的里的错别字好吗？”我说好啊，她说：“我在给爸爸妈妈写信，可是有些字我拿不准，怕爸爸妈妈看了伤心。”我接过她写的信，是用方格纸写的，我认认真真地看了一遍，指出来八个错别字。她说谢谢，然后就从书包里掏出来两张信纸，虽然有点脏，但已经被她压得很平，把那封信认认真真地抄了起来，她边抄边说：“我要把自己最好的形象展示给爸爸妈妈。”

一直等到她抄完，我指着已经磨坏了的方格纸说：“小姑娘，能把你这封信给我吗？”“你干什么用？”她一下子警惕起来。我笑了一下说道：“咱们认识了，算是个纪念吧。”她说行，不过她要把那些错别字先改过来。完了就在方格纸上认真地改起来。

“看来是真的啊？”“老师，她在哪里啊？我想帮助她。”我刚一讲完，孩子们就议论起来。我说：“她就在西城市场那边住。其实我们周围农村有很多留守儿童，尽管生活困难，但是毫不放弃，就像这个小女孩一样，为了让父母不伤心，所以不在信上出现一个错别字。你们也要把自己的美展示出来。”

同学们显然是受到了触动，表示不再乱吃零食。后来他们把节省下的零花钱买了一些书和文具送给那个小姑娘，有的还写信给灾区的小朋友。他们把那封信称为“天使的信”。

谁说现在的孩子难管，只要方式得当，只要温暖他们的心灵，给他们一片蓝蓝的天，就会收获一片灿烂。一封信，一片情。

詹金斯太太的老房子

入秋的时候，詹金斯太太坐在门口的藤椅上，尽情享受着温和的阳光。要不是因为年纪大，她会到外面去走走，看层林尽染，欣赏鱼翔浅底。现在不行了，有点走不动了，还经常气喘得厉害。

这天，家里来了两个年轻的陌生人，进门就很有礼貌地打招呼："您好，亲爱的詹金斯太太。"詹金斯太太抬起头，看着两个陌生人，说道："桌子上有刚晾好的水，不介意的话，你们可以喝一杯。"来人彬彬有礼地回答："谢谢您，是这样的。"来人说明来意。原来他们是五华百货公司的员工，受公司的委托，来跟詹金斯太太商量一件事情。"我们跟市政府讲好，准备在这里建一家分店，可是您这所房子正好位于我们设计的范围之内，如果您愿意的话，我们可以以高于商场的价格对您进行补偿。"

"小伙子，你的意思是要拆掉我老房子吗?"詹金斯太太有点担心地问。"是的，不过，我们可以给您安排好新的住所。"还没有等小伙子说完，詹金斯太太就打断了他，"这怎么行呢，要知道，虽然这是一所旧房子，可这是我跟丈夫辛辛苦苦亲手盖起来的，都几十年了，我还清晰地记着我们一块盖房子的场景，在里面住着，我能时时刻刻感到丈夫在身边，要把我从这里赶走，你们根本办不到，除非……""除非什么?"另一个人追问。"除非我死了。"詹金斯太太有些生气，并剧烈地咳嗽起来。见此情况，两个人赶紧告辞了。

他们回到公司总部，向董事长杰米先生汇报情况。杰米先生没有想到这件小事情会让他亲自出马。尽管公司里等着他处理的事情很多，更重要的是，五华百货大楼的第十家分店要以最快的速度建起来，以应对当地竞争对手的步步紧逼，为此，董事会给他的期限相当短。他来到詹金斯太太的住所，重复了上午年轻人的话。并把已经绘好的图纸给她看。他甚至随身携带着一张数额可观的支票。可是詹金斯太太毫不退让，她剧烈的咳嗽声，都快把房子给顶破了。“要不要我送您去医院?”杰米很是心疼，同时感到内疚，是自己的突然造访，让老人内心经受这么大的折磨。詹金斯太太无力地挥着手说：“你要是有良心，赶紧离开这里吧。我不想谈什么房子的任何事情。”

走出詹金斯太太的家，杰米深深呼了口气，看来修改图纸是不可避免的了，尽管这样做要花费好多钱，也要浪费差不多一个月的时间，可又有什么办法呢?

一个月以后，杰米先生带着新绘制的图纸来到詹金斯太太的家里。“告诉您个好消息，我们可以绕过您的房子了。”一进门，他就高兴地喊道。詹金斯太太面无表情地看着他。是啊，你修改不修改图纸本来就不关人家的事啊。杰米先生有些尴尬。赶紧说明来意：“不过，在我们施工的这段时间，得麻烦您到外边去住一下，否则会影响到您的正常生活的，很抱歉给您带来这么大的不便。”听到这个，詹金斯太太马上警觉起来，她根本看不懂什么图纸。她只关心自己的老房子。她警告道：“你可以在我走后，扒掉我的房子，等我回来的时候，只剩下一堆瓦砾，告诉你，我可不是傻瓜!”杰米赶紧说：“怎么可能呢，詹金斯太太，我们已经给您聘请了律师，他可以代您处理一切，如果我们有任何违约行为，您可以起诉我们。”

话说到这份儿上，詹金斯太太就默认了。五华公司的态度让詹金斯太太还算满意。他们在当地一家非常不错的宾馆为她租了套房子，并安排人专门照顾她的起居。尽管这样，她还是不大放心，经常想这帮人会把自己的房子糟蹋成什么样子呢。

半年过后，詹金斯太太被接回到自己的家。她简直不敢相信自己的眼睛。在老房子旁边，赫然屹立着一栋豪华的大楼。她知道，这就是传说中的五华百货大楼。人来人往，快要开业了。自己的房子被半包围在大楼里边。让她感到更加惊奇的是，院子门口那棵柿子树还照样站立在那里，在春天的光辉里显得郁郁葱葱，而且被用漂亮的竹片围了起来。她本来对这棵树不抱什么幻想的，能保住自己的房子就不错了，尽管这棵树也是当初跟丈夫一起种下的。门前的一条小路也被修整一新，十分平坦。住在自己的房子里，詹金斯太太没有感到什么不适，尽管旁边是高楼，但是并没有遮挡住阳光。这让她很欣慰。照样在各个房间里来回走动，跟亲爱的詹金斯先生进行心灵的对话。然后就伏在窗台上欣赏外面如织的人流，竟没有了往日的寂寞与孤独。

公司开业的时候，杰米先生没有忘记邀请詹金斯太太当嘉宾。并把她介绍给其他客人，说："詹金斯太太是我们的好邻居。"詹金斯太太脸上一直荡漾着幸福的微笑。把她送出门的时候，杰米先生说："您可以享受我们这里的最大折扣价，需要什么东西，您只需打个电话就行。"

詹金斯太太家的那棵柿子树像一把巨大的遮阳伞，遮挡住夏天炽烈的阳光，竟然吸引了好多路人，他们在树下歇息够了之后，就轻轻松松地进了百货大楼，享受购物的愉悦。或是从大楼里出来，乘凉完了之后，高高兴兴地回家。柿子树成了这地方一道很特别的风景。

过了一年，詹金斯太太咳嗽得更厉害了。医生跟她检查过身体，她追问是什么病，医生摇着头说情况很不好。很快，詹金斯太太就不行了。临死的时候，她向自己的律师口述了遗嘱："把这栋老房子连同院落一起无偿捐赠给五华百货大楼。此时，因为有了五华百货，这栋房子的价格已经上涨了十多倍。"

杰米先生亲自参加了詹金斯太太的葬礼。过后，有记者问："听说您一直给詹金斯太太缴纳地契税，不过，我有个疑问，詹金斯太太自己缴纳每月六十元，可是她不知道后来已经上涨了一百元，如果是诚心帮助她的话，您为什么不一下子替她全部缴纳呢?"杰米先生说道："只有詹金斯太太自己缴税，她才有房子主人的感觉。我们难道不应当考虑她的感受吗?"

"您对詹金斯太太的捐赠有何感想?"另一个记者问道。

杰米先生动情地回答道："其实我们得到捐赠的不光有詹金斯太太的房子，还有她给我们带来的客户。"记者和众人迷惑之余，杰米先生让人拿出来一个顾客意见簿，上面密密麻麻写着好多留言。杰米先生用低沉的声音念了起来："五华百货能容忍一所旧房子，必定能以善待每一个客户。""老房子跟豪华大楼，没有尊与卑。""来五华百货，体会美德与善良……"

人们静静地听着，为詹金斯太太祈祷，也为五华百货喝彩。杰米先生没有说明的是，为了修改图纸，不让大楼遮住进入詹金斯太太房子的阳光，五华公司投入了巨资。

在这里，有容忍之美，有理解之情，就像这茂盛的柿子树下面长满了无名的小花、小草。

房子是个聚宝盆

急需用钱

村民李诚实住在一个非常偏僻的小山村里，他养了一辈子的牛和羊，但是越养越穷，手里头从来没有过闲钱。

这不，眼看儿子小军考上大学了，却为近一万块钱的学费感到头疼。小军在窑厂打了一个多月的零工，暴晒得全身脱了一层皮，才挣了几百块。舅舅家的表姐小华也是今年该上大学，但因为家境贫寒，只好放弃，去南方打工了，这让小军很伤感，他似乎感觉自己的命运也会像表姐那样了。

李诚实可不想轻易放弃。他做梦都想让儿子上大学，好走出这时代难以逾越的大山。可是现在他除了叹气，还没有别的办法。去年妻子上屋顶去晒粮食时不小心从梯子上摔了下来，光住院就花了两万多块钱，还没有完全治好，医生说要想彻底治好，还得需要一万块钱呢，一下就把家里打进了旧社会。现在羊毛早卖光了，两个牛犊子也卖了。晚上，在灯下面，一家人反复合计着，就是怎么也凑不够数。

小军突然大声喊道："爹，我们是不是在县城里有套房子啊？"李诚实一下子怔住了，过了好久才回过神来，忙说是的，是的。

说起这房子，不得不回到五年前。李诚实的女儿小菊在外面打工时候，靠着自己姣好的面貌和善良勤奋，赢得了一个年轻老板的喜爱。两个人很快确定了恋爱关系，然后打电话说要来家里看望一下。李老实想未来的女婿一定会很大方。让人没有想到是女婿和女儿并没有像村民想象的那样，大包小包地带很多东西来，而是先在县城里逗留了大半天，回来的时候，只是交给李老实一摞本本，说是在县城给他们弄了房子。女儿说这房子可以住也可以等以后卖。李老实只是“嗯”了一声。祖祖辈辈在家里过得好好的，到别的地方去住，他压根没有这个想法，所以根本就没有放在心上。也该小菊没有那个富贵命，后来在一次出差的时候，出了车祸，小菊不幸去世了。她的男朋友也受了重伤，一家人悲痛欲绝。好在这个小伙子还算有情有义，中间来看望过两位老人一次。那次，他告诉李老实说房子不住也可以租出去。

李诚实仍然没有把这件事情放在心上。只是过了好久，李诚实才偶然想起来，他就打开抽屉，里面花花绿绿的本子上面写着好多东西，他也看不懂，光钥匙就有一大堆，他就用了一天的时间骑着车到了县城。好久没有来这里了，县城里变化不小，到处都是楼房。他一路走一路问，才来到一座楼跟前，找到在二楼的房子。有个热情的年轻人跟着上来，帮着打开房子，一看，说这是一百平方的房子。“看不出您老人家还真有福气。”李诚实一撇嘴说：“这有什么好的啊，还不如在家里方便。”然后自言自语地说这种房子谁会来租啊。年轻人说：“外面到处都有要求租房子的，要不我帮你找一个吧。”于是小伙子就到外面的电线杆上看了一些租房信息，然后拿出手机来联系，一会儿就过来个人，说是从南方来这里做生意的，愿意租房，问房租要多少。李诚实一脸雾水，说道：“你看着给就行。”租房的人说：“好吧，你要是信得过我，我就按照市场价格给你，你给我个存折号码，我每个季度就把钱打到你卡上。”李诚实答应了一声，就把钥匙给了那个人。回到家，李诚实也没有找到存折，后来一忙，就把这件事给忘下了。不是他不缺钱，是因为这样一件新生事物，让他心里根本没有这个概念。

现在，经儿子这么一说，李诚实才猛然想起来。于是他一拍脑袋，高兴地说：“孩子，这下咱不用怕了，把房子卖了你就有钱上大学了。”但是他紧接着就担忧起来，房子租出去三年多了，也不知道现在怎么样了。李诚实翻来覆去地一晚上也没有睡着觉，好像房子会被人给带走了一样。

看房子卖房子

第二天一大早，李诚实就跟小军急急忙忙地来到县城，费了九牛二虎之力，好不容易找到自己的房子。可是房子已经被装上了防盗门。李诚实心里一沉，果真出问题了。于是就用拳头对着防盗门狠狠地砸了起来。巨大的声音引来了楼上的人下来看，其中有一个就是三年前的那个年轻人。他先是打量了李诚实父子一下，然后说道："大爷，您老人家可来了。"然后回到楼上自己的家里，匆匆忙忙地拿来一串钥匙，帮着打开门，没错，这还是自己的房子，里面空空的。年轻人这才告诉他们了事情的经过。原来那个生意人在这里住了两年，因为怕不安全，就自作主张装了个防盗门，去年他就回老家了。但是由于一直联系不上李诚实，就把这两年的房租和钥匙留给了楼上的邻居，也就是这个年轻人，并当着小区物业人员的面写了条子。"大爷，等会我把房租就给你拿下来。除了物业扣下的各种费用，一共有八千多块。"李诚实心里一惊，八千多块，光房租就快够孩子的学费了。他说："谢谢你，小伙子，麻烦你给我估计一下，看看这个房子能值多少钱？""怎么，您要卖房子吗？"年轻人问道。李诚实点了点头。"那至少也要 20 万吧。大爷，有了这笔钱，您养老就不用愁了。""你说什么？"李诚实几乎要跳起来了。"20 万！你，你不是骗我吧。"年轻人笑了一下说道："大爷，我怎么会骗你呢。这还是保守的价格呢，现在房价涨得多快啊，我们这房子当时买的时候才 4 万多，大爷，您可赚老了。""才 4 万多？"李诚实差点喊出声音来。小菊当时根本没有告诉他价格，连一旁的小军也吓了一跳，他平时在学校里为了考大学光死读书了，根本没有时间打听外面的事情。小伙子说："大爷，要不这样，你要是真的想卖，我可以帮你打个广告贴出去，具体价格由你和买主商量。然后你留下个电话号码。但是千万记住不能低于 20 万。"李诚实当场就同意了。

拿着八千多块钱的房租，他们回到家里。小军的心里非常高兴，自己上大学的事情看来是没有问题了。这个时候，李诚实想起了女儿小菊。这个孝顺又苦命的孩子。

第二天，他们还真的接到一个电话，是一个女的，说是要买房子。李诚实问她出多少钱。她先是问了关于房子的几个问题，然后报价说是 21 万。李诚实一听，跟楼上那个小伙子说得差不多，就想答应。可是小军却接过了电话说要买就 23 万。一分也不能少。对方说再考虑考虑。放下电话，李诚实就怪罪起儿子来，说这个价就行了，太贵了人家不买怎么办。小军说："既然我们贴出了广告，说不准会有不少买房子的。我们比一比看谁的价格高就卖给谁。"李诚实担心地说就怕没人打电话了。小军说那就等着看吧。果然不出小军所料。后来又有两个打电话的，这下李诚实就干脆让小军接电话。他们出的价格都在 22 万到 24 万之间。李诚实说那就答应这个出 24 万的吧。正当小军犹豫的时候，又来了一个电话，先问小军准备多少钱卖。小军很老练地告诉对方说现在打电话来得挺多，自己肯定要卖给出价最高的一个，并问他想出多少钱。对方沉吟了一下说道："这样吧，我确实看上了这个地段和这套房子，我也不给你讨价还价了，要是感觉合适，你就卖，否则咱就没有缘分了。我出 27 万。过户手续由你来办。"李诚实就把耳朵贴在话筒上。这个价格把他和小军都吓了一跳。李诚实的心今天一天都提溜着，有些不安，但更多的是兴奋，他好久没有过这样的瘾了。以前卖个羊和牛什么的，都是几十块几十块的讨价还价。

他一捣小军的胳膊肘，要他答应。可是小军通过这两天的接触，尤其是接了几个电话后，他已经感觉到房价好像根本就没有真事，只要大胆和有耐心，就尽可能地讨价还价，所以他说："大哥，不是我们不卖，你这个价格刚才已经有人出过了。"对方有些急了，说："那你究竟想多少钱卖啊？"小军说："这样吧，你再加五千块钱，过户手续你办。"说实话，他根本就不懂什么叫过户手续。但是既然对方提出来了，说明不那么好办。李诚实忐忑不安地等着结果。他想这事八成要黄了。但是出人意料的是那人说好吧，并要他们明天拿上所有的手续到县城里来。

放下电话，一家人都高兴坏了，感觉钱已经到手了一样。李诚实对小军不得不刮目相看了。才几天工夫，这小子就像个商人了。这一下子就比刚才多挣了好几万。

小军说："爹，我们现在有钱了，一定先给我娘治好病，然后我还有个想法。""什么想法啊？"李诚实问。"我们能不能帮助一下我表姐啊，她今年考得那么好，不上大学实在太可惜了。"李诚实说："当然要帮她啊，你赶紧到你舅舅家里去一趟，想法跟小华联系上。"小军不敢怠慢，立刻就走了。

李诚实跟妻子合计道："有了这笔钱，可以治好你的病，可以供着小军和小华上大学，盖个更好更大的牲口圈，多样些牛和羊，再买些更好的饲料，剩下的钱我们就用来养老吧。"

妻子在一旁说道："我现在都不敢相信，就那么一个房子，存不了多少东西，上来下去的还不方便，就那么值钱？既能养我们的娃子，帮着我们养牛和羊，还能养我们的老？我这不是在做梦吧？"李诚实就在妻子的腿上捏了一下，说："你感觉疼不？"妻子说："当然疼了。"李诚实说这就对了，你不是在做梦，这是真的。听城里人说一套这样的房子要是在北京和上海，卖的钱能养我们全村的人呢。"妻子笑了一下摇摇头，表示坚决不相信。

出人意料

可是谁没有想到，第二天到了县城。事情又有了变化。

按照跟那人约好的地方见了面。一看就知道这人很有钱，西装革履不说，还开着一辆豪华车。他们先一同来到物业进行登记。工作人员先审查了李诚实从提包里拿出来的一摞资料，然后在电脑上查看了一下。问道："你们过户哪一套？"这一问把李诚实给问蒙了。他结结巴巴地说："就，就过户我们的那一套啊。"工作人员有些着急地说："我知道你过户你们的那一套，关键是你有两套。而且是对门，说吧，你究竟要过户哪一套？"关键时候还是小军反应快，连忙拿起来资料，一看果真是两套房子的证件。他又凑到电脑旁边，上面是以李诚实的名义登记着的两套房子。这到底是怎么回事呢？

其实他们谁也不知道。小菊毕竟在外面见过世面，知道家乡的房子早晚也要涨价，趁自己有些钱，就跟父亲买了两套。当时她还有一个朴素的想法，那就是爹以后要来住的话，假如跟未来的弟媳妇过不到一块，就每家一套，省得落麻烦。

买房的那个人一听他们是两套房子，还是对门，连忙说："这真方便，你两套都卖了吧，我可以每套给你多加些钱。你要是不卖，还得交物业费什么的，养着它干吗啊。"这下是李诚实反应快了，赶紧说不卖不卖，我们就只卖西边这一套。卖房人也无可奈何。等忙完过户手续，已经是下午了。李诚实就跟儿子来到房子里。西边那一套已经不属于自己了。钥匙都给人家了。他们先是到楼上。找到那个年轻人表示感谢，年轻人说卖到这个价格真是没有想到。然后李诚实说："我们以后还照样是邻居。"看着年轻人疑惑的目光，李诚实说明了情况。年轻人大吃一惊，说道："怪不得东边这套房子一直没有见谁来住过。大爷，我算真服了您，这么有眼光啊。"然后又问，"这一套你们也卖吗？"李诚实说："不卖了，不卖了，这一套我先留着，租出去也行。卖了西边那一套解决了我的养老问题。这一套就用来给我儿子养老吧。"

后来这件事情被记者知道了，当做新闻发在报刊上，人们议论纷纷，都说这年头炒什么也不如炒房子，房价就像火箭一样。李诚实却不无忧虑地说："照这样下去，我的孙子可就买不起房子了，他拿什么为自己养老啊？"

让你搂我一双脚

结识老人

苏雨虹年龄不算大，就已经是副局长了，工作能力很强。这段时间，市里号召机关干部都下基层，为老百姓排忧解难。办公室里的小刘给她推荐到王寨村去，说那里有个五保户，大家都她叫王婆婆，很慈善，但也可怜。她女儿很早就去世了，现在一个人过日子。苏雨虹说好吧。于是她们就带着慰问品来到王寨村。她们去的时候，王婆婆正在村头种菜，佝偻着身子，非常艰难。她们二话没说就去帮忙。王婆婆 75 岁了，行动不方便，但是的眼睛和耳朵都好使，她做梦也没有想到会有干部来看望她。种完菜她们回家非常热情地陪王婆婆拉家常。中午，苏雨虹让小刘去买了韭菜，然后跟王婆婆一起包水饺。王婆婆看着她两个人一直在笑，说自己真有福分。吃饭的时候，王婆婆不经意间叫了苏雨虹一声“闺女”，把苏雨虹和小刘都叫愣了，苏雨虹赶紧答应了一声。王婆婆端详着苏雨虹说：“你要是能常来就好了。”苏雨虹说：“阿婆，你放心吧，我会常来看你的。”

这以后，苏雨虹隔三差五地来看望王婆婆。一来就帮着打扫卫生，晒被褥，陪着她说话，还陪着去街上散步，有时也一块吃饭。这天，她发现王婆婆家的房子漏雨了，老人只好在屋里放了好几个盆子接水。苏雨虹就和小刘从城里拉来水泥和沙子，本来是从城里请好了个建筑队，但约定的时间，人家打电话说有事不能来了。她又想从村里找几个劳力来，可是青壮年都外出打工了，而且现在又是农忙时候，根本不好找人，于是两个人就把挽起袖子，亲自干起来。王婆婆在院子里支了个小灶，给她们烧水喝。没想到这个场面竟然在三天以后被登在了当地的报纸上。一时间好评如潮，很多人向苏雨虹祝贺。苏雨虹说这有什么啊，都是自己应该做的。她去问小刘，小刘摇着头说不知道怎么回事。她心想不知道就对了。

晚上回到家里，老公还没有下班，苏雨虹感觉很饿了，就想早点吃饭，可是喊了半天，屋里也没有人，这才想起来，自己的婆婆已经回家了。昨天婆婆还跟她擀了她最爱吃的手擀面呢。今天只好一个人凑合了。

王婆婆在村里逢人便夸苏局长好，村民们说王婆婆："你干脆认苏局长个干女儿吧。"王婆婆不好意思地说："我是愿意啊，可是人家会愿意吗！"每当苏雨虹来的时候，村民们都围拢上来，和她拉家常，有什么想不开的事情也愿意跟她交流。她也从与村民的交流中了解到很多有用的信息，用在自己的工作中，很快见了成效，还为此写了几篇论文和感想，发表在省报上，受到各方面的关注。

苏雨虹看见王婆婆家几乎是家徒四壁，唯一的家用电器就是一台老式收音机，而且连电池也舍不得装，就掏钱为她买了台电视机，拉上室外天线。这样王婆婆就不再那么寂寞了。

陪老人睡觉

可是当这天她再来的时候，却怎么也找不到王婆婆，多方打听，老人却在邻居家看电视。她很意外，问王婆婆为何不在家里看啊，老人说电视里是人家热闹，自己冷清，不好受。邻居告诉苏雨虹，王婆婆就想在电视里看到你的身影。看见你，她就不累也不饿了。苏雨虹眼睛湿润了，那天，她决定陪王婆婆睡一晚上。"不行！不行！"王婆婆吓了一跳，搬出一大堆理由：被单薄、屋子有气味、自己咳嗽不干净等，她赶忙做晚饭让苏雨虹吃了离开。苏雨虹说："阿婆，天都这么晚了，外面还飘起了雪花，没有回去的车了，走夜路我可是害怕得要命。"王婆婆不知如何是好。吃完饭，苏雨虹陪杨婆婆去邻居家看电视到晚上9点，然后又回到老人家中。

"真住这里？"王婆婆还是很为难，要换被单，然后搬出一张床垫准备自己在地上打地铺，苏雨虹忙阻止了她，说道："要是那样的话，我这晚上可就睡不着了，明天怎么上班啊！"王婆婆只好烧好开水，苏雨虹洗了脸和脚早早地上了床。王婆婆却不停地在屋子里走来走去，直到快11点才上床。王婆婆醒了好几次，就怕苏雨虹睡不好。直到苏雨虹睡了过去，王婆婆才渐渐闭上眼睛。深夜，雪下得更大了，北风开始呼啸，拍打着窗玻璃，感觉很可怕。但是想着有人跟自己做伴，就立刻很踏实了。

也不知道过了多久，王婆婆一伸手，迷迷糊糊摸到一双脚，然后就往怀里拉，这不是我孩子的脚！王婆婆吓醒了，赶紧松了手。“多像那双脚啊。”王婆婆再也睡不着了，以前寒夜里，她就是将女儿的双脚拉在自己的怀里睡觉。快 30 年了，她的怀里一直空荡荡的，只在睡梦中多次搂住那双冻得发红的脚。

王婆婆又伸过双手，小心翼翼地去触摸苏雨虹的双脚。她会生气吗？王婆婆心里很不安，但她还是又搂住苏雨虹的脚，见没有拒绝，她索性拉向自己的怀中，闭上双眼，然后任凭眼泪一滴滴滑落。

“巴不得天亮得不要那么快。”她就想一直这样，把自己的体温传给这双寒夜里的双脚。“你让我想起了女儿。”清早醒来，王婆婆看着苏雨虹很不好意思，苏雨虹则赶紧生火做饭。吃饭的时候，王婆婆打开话匣子向她讲起自己的过去。

原来王婆婆结婚后生了一对儿女。可是兄妹俩生下来眼睛都看不见，儿子 11 岁那年就去世了，后来老伴也因病离开她。

“女儿是我的全部。”王婆婆说，女儿虽然残疾，但自己很疼爱她。特别是寒冷的冬天，女儿行走不便，双脚冻得通红，长满了冻疮。每天夜里，女儿睡到半夜双脚还是冰凉，她就将女儿的双脚搂在自己怀里，用自己的体温让她不再受冻。

女儿 15 岁那年还是离开了人世，王婆婆精神都垮了。几十年来，每到落霜下雪的日子，就会想起女儿，想起那双冻红的脚，每到深夜就会去摸那双脚……

王婆婆抹着泪水对苏雨虹说：“孩子，你来帮扶我，本以为就是过年过节送点慰问金、给点礼品就行了，没想到你不但为自己修房子，还陪自己睡觉。你那双脚又让她有了做母亲的感觉。”

“那就像被母亲搂抱。”苏雨虹也被感染了，眼睛红红地说，“当您的手触摸到双脚时，我醒了，我感受到老人粗糙的双手和暖暖的体温。”此时她还想起，去年冬天，六岁的女儿阳阳出去玩，没有穿外套，忽然刮起大风来，她着急地去找，发现在公园里，婆婆正紧紧地把阳阳抱在怀里，阳阳的脚被裹进婆婆的毛衣里面。

再次被报道

苏雨虹为王婆婆买了条电热毯，并教给她怎么使用，怕她开始用不好，就又陪了她几晚上。这时，她的事迹先是被人发在了网上，并被网友亲切地称为“史上最美的官员”。然后就是一些报刊的记者跟进，对她进行采访。一时间她成了知名人物。

这让苏雨虹有些恼怒，把小刘喊来，问究竟是不是她让人这么做的。小刘也是满脸的迷茫，表示真的不知道。然后又反过来劝她：“苏局长，这样不正好吗，谁不喜欢自己的人气旺啊。”苏雨虹白了她一眼。

的确，她现在威信很高，市里还发出倡议，向她学习。可是在家里，老公却怎么也不买她的账。说道：“你行啊，俗话说一屋不扫何以扫天下啊。”她让老公把话说明白。老公却回答道：“还用我说吗，你自己就能明白。”她愣了好久。

她被提拔了，一些人认为她不会再去了。但是她却跑得更勤了。一不到王婆婆家里，她就感觉心里不踏实，总想着老人家会不会吃好睡好啊。这天她忙完工作又来到王婆婆家里，王婆婆气色非常好，说要向她介绍个人。她问是谁啊。王婆婆卖了个关子，说一会你就知道了。不多久家里就来了两个人，是一对母子。母亲四十五六多岁，旁边是个十八九岁的小伙子。“快叫妹妹。”王婆婆指着苏雨虹对那个女的说。然后，她又对苏雨虹说：“这是我的闺女，你叫她小玉姐吧。”苏雨虹很诧异，她从来没有听说王婆婆还有闺女。在后来的交谈中得知，小玉是王婆婆的养女。王婆婆含辛茹苦地将她养大，但是在小玉十几岁的时候，偶然从别人口中知道她不是王婆婆的亲生女儿，她就感觉很委屈，也就正在这时候，王婆婆因为一件别的事情打了她一顿，她更叛逆了。结了婚，她就彻底不跟王婆婆来往了。

小玉红着脸说：“这是我儿子刘强，快大学毕业了。他是去年才知道这段往事的，从那开始他就一直对我很有成见，说我没有良心。加上这段时间，他拿着报纸给我看你的事迹，我就想你一个没有任何关系的人都这么对待她，她毕竟养了我这么多年，加上孩子对我开导，这不我就准备着把我妈接过去，我要好好养她的老。”王婆婆在一旁听着，脸上流了泪。

“苏阿姨，你让我很佩服，来，我给你们照张相吧。”一直没有说话的刘强站起来说道。他掏出手机，给她们照了好几张相。“发到网上去一定会更加感人的。”最后，他边操作手机边自言自语地说。苏雨虹心里一震。

中午，大家在一块吃饺子。苏雨虹说：“小玉姐，你能把老人接走，我就放心了，不过，我还会经常去看望你们的。”

临走，苏雨虹把刘强叫到一边，小声问道：“你跟阿姨说实话，这件事情是不是你发到网上去的?”刘强挠着头承认了，并解释道：“苏阿姨，实话说我当初把这件事情发出来，就是想让我妈知道，让她好回心转意。现在我很高兴，我妈对外婆好了，我终于有外婆了。”

看着刘强离去的身影，苏雨虹心里很复杂。没错，那天她和小刘帮王婆婆修房子的事情是自己把自己给曝光的，那时她知道快要换届选举了，想为自己加加分。可是后来，随着跟王婆婆的接触深了，就跟王婆婆有了很深很真实的感情。她想让老人搂着自己的双脚，做一对幸福的母女。当她不想再作秀的时候，反而被别人报道了。

她今天着急着回去，还有一个很重要的事情，就是到想把自己的婆婆接到自己家里去。她终于明白老公的话，以前她总是嫌老人这不好那不好。所以婆婆每次来都是待不了几天就被她嘟囔走了。现在，她对婆婆，对与人的接触有了新的认识。她在想，是否也让婆婆搂一下自己或者为婆婆暖一暖双脚呢?

成长足迹

闫小哲师范毕业后进了一所中学。与他一块分来的还有一个叫张晓雯的女生。他们都担任班主任，校长看他们年轻做事情麻利，就让闫小哲在教务处兼职做教务员，让张晓雯在政教处做政教员。其实也就是让他们多干点活，因为新分来的大学生比较好管理，还不大敢闹意见什么的。但是后来的事情证明这个张晓雯好像有点小脾气。

正好学校要申请市级规范化学校。开学初，校长在会上强调，晋升为市级规范化学校是这个学期工作的重点，必须毫不松懈的认真执行，哪个部门，哪个环节，哪个老师出了问题，都要追究相关人员的责任。

原始档案是关键，每有领导来检查，都会直奔展览室里的大盒子而去，那里面放着学校和老师们的各种资料；而且装订精美，每一本上都加了漂亮的封面和封底。所以这次具体到每个老师，就是要把近四年的备课本，听课记录，业务学习笔记，政治学校笔记，读书笔记等等整理上交，而且特别说明后三项要保证每学期不少于一万五千字。这让大家吓了一大跳，哇噻！四年的？可是很多已经找不到了。尤其是几乎每年都要搬办公室，所以丢失一些在所难免。怎么办？没有任何商量余地，就一个字：补！于是夜以继日地埋头苦干。好在因为老师们经常面对县里的检查，有时候镇里的领导也会隔三差五地来“骚扰”，所以造起这些东西来也算驾轻就熟。有一个青年教师，买了半箱啤酒和一些小菜，困了就喝酒，一个晚上就写完了两本笔记。这些经验对两位新老师很有启发。

在教务处里。主任分给闫小哲的任务是整理这几年来英语听力室和物理化学实验室的使用记录。“这几个教室以前都用过吗？”闫小哲小心翼翼地问道。

“大部分没有用过。”主任回答。“那怎么整理啊?”“造呗。你只要看好日期，别写成周末弄出笑话来就行。”闫小哲就一丝不苟地对着日历簿写起来，而且还要写明哪台设备出了什么问题，怎么处理的。一开始，闫小哲弄得很生涩，经常张冠李戴，而且造假的迹象很明显。比如，某周的听力记录，他写得全是良好。但是主任说不能这样，要写上两台机器卡带子，并亲自捉笔，在如何处理一栏里，写道：一台进行维修，一台换新。他还很轻松地对闫小哲说：“就要这样，弄得像真的一样。”闫小哲会意地一笑，赶紧忙了起来。

在政教处，张晓雯负责的就是弄出这几年学校组织的一些活动，当然还是造。一开始张晓雯对这项工作就很反感。这工作很繁琐不说，关键是太没有真事了。她可是听着列宁承认自己打碎花瓶的故事长大的，于是说了几句抱怨的话，没想到传到了校长的耳朵里。校长就把她叫去问话，她就如实说了自己的想法，校长先是静静地听，然后说道：“一个人如果连假都不会造，还能干好实实在在的工作吗?”看着张晓雯惊讶的目光，意识到自己可能说得有些过了，就改口说：“我们这完全为了工作，试想如果我们不这么做就通不过验收，通不过验收就会拖全县教育的后腿，大家的工作和收入都受影响。再说了我们也不是全造假，有的活动我们确实做过，只不过当时没有记录而已，人家来检查，就看你有没有记录，所以我们是在做整理工作。”张晓雯站起来说：“校长，你给我时间，我慢慢适应吧。”校长只好无可奈何地点点头。于是闫小哲就常来帮助张晓雯，久而久之，两人就感情上碰出了火花。

闫小哲不光要完成自己的本职工作，虽然他是刚来的，可以不用补那些备课本什么的，但是作为班主任，他要给学生补上体能锻炼记录，什么时候打篮球，什么时候跑步，什么时候进行拔河比赛等等。经过这段时间的锻炼，他已经比较适应了。

这个星期天，张晓雯邀请他到家里去吃饭，虽然不是第一次去见未来的岳母和岳父，但也得买些东西啊。于是他就到商店里买了箱牛奶和一些水果，可是等回来一看，牛奶箱上印的保质期竟然是到今年11月，现在是9月末。虽然还在保质期内，但也离得很近了。怎么办啊，商店挺远的，他灵机一动，就拿出来一支中性笔，把11改成了12。不仔细看根本就看不出来。他都很满意自己的杰作。吃完饭，临走时他很关切地对张晓雯的父母说：“牛奶你们想得喝啊，越新鲜喝越好。”走出家门，小雯在他背上捶了一下，娇嗔道：“你什么时候变得这么会关心人了？”还没等他回答，她杏眼一瞪，说道：“你改得挺像啊。”闫小哲惊讶地看着张晓雯，张晓雯说：“你也太胆大了吧，连我们家也敢骗，幸亏我老爸老妈根本就不喜欢喝牛奶，否则我绝不会原谅你。但是我要警告你，这样的事情如果再有一次，你就永远别进我家的门了。”并略带担忧地问，“可别你的感情也是假的吧？”闫小哲听罢赶紧吻了张晓雯一下，保证说：“我对你的感情就像刚挤下来的牛奶那么纯，不含半点儿三聚氰胺。这是唯一的一次，你也太火眼金睛了。”张晓雯说：“别看我不会造假，却是打假高手。”

到了十月下旬，县教育局先来进行初检。这其实是自家人的一次找毛病、寻不足的例行检查。这也得重视，因为差别太大的话，领导是要训人的。好在各种材料已经准备完毕，可是有一个大问题摆在了大家的面前，就是图书馆的图书严重不足。虽然为了验收，县里拨了一笔钱，但光卖实验器材还不够呢，怎么办？校长的意见是让老师捐款，但是这个口实在不好开，因为老师们有好几个月的工资没有发齐了。在班主任工作会上，一位年龄大的老师建议，可以发动学生进行捐书。校长眼前一亮，认为这是一个绝好的主意，并做了修改，以进行书籍交流的方式让学生带书来，并要想办法把书皮上的名字擦除掉。这样就能以假乱真了。

到了初检这天，三辆小汽车的领导鱼贯而入，这次检查得很认真也很严格，共查找出20多处问题。教育局长给校长说还有更大的两项不足，一项是要建一个多功能实验室，校长刚想问怎么建，局长说里面的设备必须从某个公司采购，并暗示这是市验收团推荐的。如果不从这家公司进货的话，通过验收的几率就要大打折扣，校长若有所思。第二项就是必须让老师每人一台电脑，校长向局长哭诉：“没有钱啊，能不能拨点钱，给老师们买呢？”局长就反问校长：“你觉得我有那么多钱吗？”校长就哑口无言了。看着绝尘而去的一辆辆小汽车，校长急得满头大汗。于是紧急召开班子会议，要求大家献计献策，最后形成一致意见，就是让老师尽量自己买，学校适当给予补助，实在买不起的就借。

这下可忙坏了老师们，托亲戚朋友到处借电脑，一时间当地几乎所有的电脑都云集到了学校。最后一统计，仍然有12个老师没有借到。怎么办？该想的办法都想了。这时张晓雯走进会议室，对愁眉苦脸的领导说：“我有一个办法。”领导们一个个瞪大了眼睛，同时想一个小孩有什么办法啊。但此时也只能死马当活马医了。校长鼓励她赶紧说。张晓雯先问来验收的那一天非要打开电脑吗。校长说：“那倒是不必要，只要有实物就行。”“那好，你们去我舅舅开的废品收购站去借吧。他那里放着不少破电脑呢。”校长非常激动，高兴地说：“对呀，我们怎么没想起这个办法来啊！小张老师，你真聪明。”于是赶紧让人去办理，并对其他人说：“张晓雯老师是进步最快的。”

这几天，学校几乎是停课搞卫生大扫除，同学们几乎都把学校翻了个遍，连一片树叶都休想在这里停留。为了体现出素质教育的成果，表明给学生减负了，学校要求学生把自己所有的复习资料带回家。一切准备就绪，只等市里领导来了。让人意想不到的是，验收这天，市里只来了三个人，几乎是走马观花地看了一遍。办公室里，老师们能开的电脑都开着，不能开的，老师们就在一边认真备课。领导们进来，翻看了一下一个老师桌子上的作业本，就离开了。校领导们可不敢怠慢，只有领导点了头才算圆满完成任务，于是边走边不停地介绍学校特色。市里领导们没有发话，只是静静地听，有时也点点头，而最后的满意结论是在县城最豪华的酒店里下的。四千块钱的酒席，还不包括送的礼品。

送走了市里领导，校长和其他校领导们如释重负，于是到各个办公室感谢大家。校长说：“市里领导让我们继续努力，争取明年晋升省级规范化学校。”老师们一个个大叫起来：“我的妈啊，饶了我们吧，这都把我们忙得几乎没有时间备课和上课了。”

看着办公室里许多不能用的废旧电脑，校长很感慨，也很心疼地说：“我们几乎什么都是假的，就是今天这顿饭是真的！”

与此同时，班里几个刚领到表格的“三好”学生来找闫小哲：“老师，‘先进事迹’这一栏怎么填啊？我们没有那么多先进事迹啊。”闫小哲想了想说：“实在没有的话，也不能空着，就造一下吧。”看着同学们疑惑和略带惊讶的目光，闫老师继续说：“就是应付一下上面吗，你们造就行。”于是几个同学边跑边向其他同学喊道：“老师说可以造假的。”闫小哲闻听此言，感觉有点熟悉也有些刺耳，内心有种莫名的悲哀和不安：难道造假在从娃娃做起？

过了几天，学校召开隆重的大会，对在这次验收工作中做出突出贡献的老师进行表扬，新来的闫小哲和张晓雯双双被提名。

穷人的群

认识一个“群”

苏慧君大学毕业后，就到了一家很小的公司，工作了不到半年，公司倒闭了，原先她每月能挣一千块钱，把工资的一半寄回老家去，自己还能剩点。现在她一下子成了无业人员。于是她只好把原来租的房子退掉，然后跟人合租了一个小房间。她现在最重要的工作就是赶紧找工作。于是就到了一个网吧，看是否有什么招聘信息。

她正在一个网页上看东西，忽然跳出来个消息框，起初她没有在意，顺手就关掉了。可是一会儿这个消息框又出来了，她就看了看，只见上面写着：如果你有什么困难自己解决不了，请加入我们的群，帮助你的没有更多，只有更及时，二十个人的编制只剩下最后一个名额等待你的盛装加入。后面跟着一个号码，不用说是群主的号。起初她以为是什么人在搞骗人的东西。正好她开着自己的QQ，心想，管他骗人不骗人，只要自己不上当就行，于是就把那个群号复制粘贴上，然后加入好友。系统很快就提示加入成功。她打开聊天框，看上面正讨论得很热闹，她就加入进去，并说自己是新加入的。群主的网名叫“燕子在筑巢”，看头像是个女的。她首先代表群里所有的人向她表示欢迎，线上所有的人都拿着鲜花向“白鹅欲飞”表示祝贺，这是她的网名。然后，就说出了这个群的宗旨，说加入这个群的人首先要有爱心，然后要提供自己的电话号码，这样方便联系，并说如果感觉不合适的话，现在可以退出来。

苏慧君问怎样才能得到救助。群主好像很固执，要她先提供自己的手机号码，然后再告诉她具体情况。“哼，果真是骗子！”苏慧君本想胡乱编个号码，但是进一步想到反正自己的手机也快欠费停机了，说就说吧，刚说完就有一个电话打过来了，是一个女生甜美的声音，问了她一些情况，然后就挂断了，胡慧君知道这是在验证她的号码。“燕子在筑巢”告诉她，这个群是建立在诚信和互信的基础之上，有的人在加盟时胡乱提供个电话号码，甚至有更恶劣的把别人的号码发来。“恭喜你，通过了我们的诚信验证。”“燕子在筑巢”向她发来一个笑脸，并说只要这个群里的人有什么难处，大家都可以伸手相助。“当然你不要指望着帮助多少，我们群里人少，而且也不一定每个人都能解囊，我们的捐助数额规定在五十元到一百元之间。”

“真小气。”苏慧君心想。她手里不由自主地打上了一句话：我现在真的很困难，不知道能否得到帮助？“燕子在筑巢”问：“你有什么困难？不妨说说看。”苏慧君想了片刻，说：“我的笔记本丢了。”“你要笔记本干什么？”“燕子在筑巢”步步紧逼。这倒是苏慧君没有想到的，其实她根本就没有过什么笔记本。“我想成为一名自由撰稿人，没有了笔记本，我什么也干不成。而且最近也失业了。”这个理由也是她刚想出来的，她的确热爱写作，一直梦想有一台属于自己的笔记本。“提供你的账号吧，也许你会实现你的人生梦想。”她心头一震，说自己过一会儿会提供。

她很快取来自己的一个工资折，把账号打了上去。下午到银行一查，果真有一笔一笔的存款，虽然数额都小得可怜，但是总数也有一千五百块，这是她大学毕业后，得到的最大一笔钱。没有多想，她把钱取出来。然后跑到电子市场，她很早就看中了一款二手笔记本电脑，通过艰苦地讨价还价，最终以一千二百元成交。她没有钱办无线上网卡，她只能先在家里把文章打好，然后再集中到同学家里通过用邮件发出去。她在实现着自己的作家梦。

这样过了二十多天，她才感觉到其中的艰辛，十篇稿子能过一篇就不错了，而且还都是那种很不起眼的豆腐块。她几次都想放弃，但是群里的人都在鼓励她，经常问她战果如何。尤其是“燕子在筑巢”告诉她多次，做成点事情不容易，要毫不动摇地坚持下去。

再次得帮助

苏慧君白天还要继续找工作，因为她已经快断粮了。更重要的是家里来了几次电话，让她赶紧想办法寄回点钱去。没有办法，之前已经借过几个同学的了，不好再张口了。她又一次想到了那个群。她想群里的人应该都是有一定经济基础的，有能力帮帮自己。于是她来到网吧，这次她编了个理由，说自己的房东得了重病，需要救助，问行不行。没想到这个问题让大家很为难，要用大家的钱帮助群外的人，这是他们从来没有遇到的情况。大家你一言我一语，最后还是“燕子在筑巢”拍板了，说道：“我们还是尽力帮助吧，相信‘白鹅欲飞’会把这点钱用到刀刃上的。”苏慧君充满了感激。钱在第二天就打过来了，一共有一千块。她把钱取出来，然后给家里寄回去八百，再交了自己的房租和水电费，就所剩无几了。晚上再上网时，刚打开 QQ 就收到了一条信息，她一看，吓了一大跳，只见上面写着：提供假信息骗钱，你在偷取一颗颗善良的心。坏了，被识破了，她连忙把信息删除，又往家里打了个电话，有意识地让手机就欠费停机。过了好长时间，她都不敢上网。

过了几天，在一个同学的帮助下，她找到了份工作。这样她白天上班，晚上在家里写稿。并且经过一段时间的历练，写的文章进步很快，有了稿费收入。她在心里一直想着那次说谎的事情，一直都有一种做贼的感觉。

这天晚上，她又上了网，打开 QQ，“燕子在筑巢”很欣喜，说你终于来了，联系不上你，大家都很着急，并让她赶紧报上新的联系方式，因为按照规则，如果不留下联系方式，就按自动退出对待。苏慧君想了好大一会儿，只好说了自己新办的手机号码。“燕子在筑巢”告诉她两个消息，一个是有位网友需要帮助，可以各尽所能；另一个是大家想聚在一起认识一下，搞个野餐什么的。苏慧君当场表示都会参加。

她捐出了最高的一百元钱给那个网友，然后就等着聚会了。后来，有个网友给他发来信息，告诉她聚会的时间，并说原来的地点选在一个公园，在大家的一致坚持下，现在改到郊区了。

说实话，到了聚会的时间了，她反而怯场了，真不想让自己的寒酸样展示于众，最后还是鼓了好大的勇气才决定去。

美丽的聚会

这天是周末，她来到事先约定的地方，这是一个很小的院子。虽然很旧，但是很清净。已经有十几个人来到了这里，她这才知道，原来这里就是群主“燕子在筑巢”的家。一会儿，只见有个网友从里面推出来一个轮椅，上面坐着一个很清秀的小姑娘，她很高兴地跟大家招手。不用说她就是“燕子在筑巢”了。这让大家非常震惊：她竟然是个残疾人，尤其是苏慧君，她没有想到大家原来都是跟她一样不怎么富裕的普通人，她甚至曾经以为群主一定是一个叱咤风云的女老板之类的人物。

“燕子在筑巢”招呼大家坐好。然后很熟练地划着自己的小车给大家分水果，倒水，并拿出一些很稀奇的山货让大家品尝。大家你一言我一语。“燕子在筑巢”始终微笑着，她说自己开了个网店，专门卖山货，并且已经开始盈利。苏慧君很好奇地问：“你怎么进货啊?”“我奶奶帮我啊。”“燕子在筑巢”笑着说，“奶奶每个周一把我送到集贸市场，在那里采购合格的山货，网上出售，然后奶奶带着她到快递公司去发货。”

说起为什么要创建这个群。“燕子在筑巢”说在自己最困难的时候，没有钱进货，急得直掉泪，快要放弃的时候，是一个陌生人给自己邮寄来了八百块钱，靠这八百块钱，她从头做起，一步一步地走向了稳定。她后来就想到有很多人会遇到一时的困难，有的实在没有能力解决这个困难就只好放弃了，但是一旦跨过了这个坎，前面就是光明一片。所以，她建立了这个群。并提出了一个理念：没有更多，只有更及时。

这时苏慧君红着脸说：“我其实两次都说了谎，我从来没有过笔记本，后来那一次也不是房东用。被你们看出来了，我都感觉很难为情。”“燕子在筑巢”却笑了笑说道：“人不到最困难的时候，谁会愿意撒谎呢，不过我们一直没有看出来啊，怎么回事啊?”苏慧君说你们的信息里都说了。大家都笑了起来，说道：“那是群主设的一个自动回复，得到赞助的人都会收到的。”苏慧君不好意思地低下了头。“燕子在筑巢”说：“通过资助你还给了我们一个新的启示呢。”看着苏慧君不解的目光，她继续说：“你买笔记本并且用来创业，这是一个平台，所以我建议以后要扩大我们群的规模，并且尽量多资助那些需要创业的人。让更多的‘白鹅’飞起来。”

接下来，大家在“燕子在筑巢”的小院子里举行了一次很有意义的会餐。大家自己动手，买菜，择菜，烹制，没有酒，喝白开水也很有味道。大家都感到非常温暖，也让苏慧君体会到了有种家的感觉。

第二天苏慧君接到一个电话，是她资助过的一个小妹妹向她表示感谢的。原来上次收到那个自动信息后，她心里很不安，总有种做贼的感觉，于是就用自己的第一笔稿费帮助了一个急用钱的小姑娘。在电话里她向这个小妹妹介绍了这个群，想让她也加入进来，一块守护和管理好属于她们自己的这个“穷人的群”，因为在这里，虽然没有更多，但会很及时。

第五辑

EPISODE 5

好苗要成大树

高物价时代

王阿姨从刚一结婚就跟邻居周大妈学习讨价还价，无论在市场上买什么都要跟小商贩讲价，几乎每次都有斩获，用她的话说就是能省下一分是一分，能省下一毛是一毛，时间长了，她讲价的技巧越来越高超，这缘于她越练越厉害的口才，简直是口若悬河，还有对市场的把握，对小商贩心理的把握，以及老道的察言观色能力。青出于蓝而胜于蓝，后来连周大妈都甘拜下风了。很多时候，她能把小商贩讲得直落泪。每当这时，人家就干脆说："求您了，大姐，不要讲了，再要讲的话这堆菜我白送给你得了。"有的商贩看见她来了，干脆就转过脸去，装作没看见她。卖给她东西，别说挣钱了，连本钱都不够，有时候甚至还会赔钱。

只要功夫深铁杵磨成针。这样几十年下来，王阿姨为此省下了不少钱呢，她暗地里做了个大体统计，按照平均每天能省下五毛钱算，一年下来就将近二百块呢，这三十年就是六千多块啊，六千多块能买多少粮食啊！她为此而经常沾沾自喜，对老伴说："你别看我不外出挣钱，给咱家省下钱也是一个大功劳。"当然她也为此付出了不少，每次外出前要在心里进行演练，并设置出各种预案，应对各种可能出现的局面，这既是一项力气活，更是一项技术活。时间一长，落下轻微的咽炎在所难免。

今年冬天，王阿姨突然得了高血压，一下子晕倒在地上，要不是家里有人，送医院及时，后果不堪设想。医生看过后，没有说的，立即住院，接着就挂上了吊瓶。这是王阿姨第一次住院，以前生病，吃个药什么的，就能挺过来。医院里医生护士出出进进，一会量血压，一会量体温，一会换药水，还三天两头地换床单被褥，她感觉到很舒服也很温暖。这样住了半个月才痊愈。回到家里她问孩子总共花了多少钱，孩子不敢瞒她，因为家里有多少钱她明白着呢，说总共花了七千零二百。她的血压忽地一下又上来了，医生好像提前有预料似的，出院的时候给开了不少药，孩子赶紧给她吃下，血压才被控制住，然后她就骂医院："这是啥地方啊，这不是抢钱吗，我要告它去！"孩子解释说："妈，您就知足吧，医院能把你的病治好就不错了，你以为是在咱家里啊，现在药贵不说，人家还要护理费什么的呢。你以为血压、体温是白量的吗？五块钱一次呢；还有查房费，检查费。输液的时候，连吊药瓶的小尼龙网都要六块钱。另外还有暖气费。""啥，还要暖气费？咱要不住院他们的暖气就不开了吗？这也太霸道了吧！"然后就骂孩子："你们也太傻了吧，就不知道给他们讲讲价吗？"孩子说："您以为那是在菜市场啊，你问的问题多了，人家都嫌烦，要是再讲价，非把你放在走廊里，理都没人理，或者干脆把你轰回家来。"

王阿姨号啕大哭，以前她也不是没听说过住院贵，但是没有亲身体验的话根本不知道有多贵。几十年的心血眨眼间就这样没有了，起早贪黑，磨破嘴皮子图个啥呢。想想这些年的不容易，她越来越觉得心疼。孩子嘟囔道："到了医院里，钱还叫钱吗！"她一听急了，忙问不叫钱叫什么。孩子只好说："在医院里，钱就如同白纸一样，不经花啊。"

这时，上三年级的小孙子来问她："奶奶，老师让我们考虑一下以后要干什么工作。我也不知道该怎么回答。您能帮帮我吗？"她说："这还不好说吗，长大了就开家医院。这东西来钱快。"想了想，又补充道，"你要开就开家能讲价的医院，让奶奶也好过过跟医院过招的瘾。"

世界一号大楼

李银堂他爹是个有战功的老革命。可老革命还是被不讲理的村长给打了。老人住了院，由于没钱，没多久又被抬回来，眼看着新伤比旧伤还严重，李银堂咽不下这口气，就找村长去拼命，却被村长的两个儿子给打了出来。村长指着他的鼻子呵斥道："小兔崽子，再来就打断你的腿，快滚！"李银堂气愤地说："我要去告你！"村长冷笑着说："有种你去告，老子等着你。"

李银堂就去找乡长。老乡长出事刚死，没有多少文化的副乡长主持工作。好不容易见到副乡长，副乡长却很不耐烦地说："那事我知道，村长做的也没错，我这里很忙，你走吧。"任凭李银堂怎样哀求，副乡长就再也不理他。

李银堂那股愣劲上来了，他不信没有说理的地方，就用了几天时间翻过大山，跑到县上去找县长告状。

李银堂不知道县长在哪儿，就问路边摆摊的一位老大爷。老大爷说："县长当然是在世界一号大楼啊。"李银堂一怔，问：怎么叫这么个名字啊？"老大爷答非所问："新盖的。""那世界一号大楼在哪儿？"老大爷上下打量了他一下说："看样你是头一次来县城，往东走，那个最高的楼就是。"

李银堂就一直往东走，远远看见一座很高的楼，李银堂又问迎面走来的一个小姑娘："那是世界一号大楼吗？"小姑娘点点头说是。李银堂一路小跑，很快就来到大楼跟前。他抬头一望，不由自主地喊了声"娘啊"，直感到头晕。他从没见过这么高的建筑，楼顶都快插到天上去了，比他村后的大山还雄伟。外面的墙全是玻璃的，反射着太阳光线，像好多金子在空中飘。李银堂心想这回可有盼头了。他给自己壮了壮胆就往里走，却被保安给拦住了。李银堂说："我要见县长。"保安警惕地问："你见县长干什么？县长该是你随便见的吗？走，走，快走！”说着就把李银堂给轰了出来。过了一会儿他又进去，问保安：“这是世界一号大楼吗？”保安生气地说：“世界一号大楼也是你叫的？快走！”

李银堂不甘心，就不停地数大楼有多少层，可老是数错。他恨不能自己变成一只麻雀，飞上去找县长。他在外面转悠了好几天，保安也跟着他揪了好几天的心，最终也没见着县长。由于没吃没喝的，他只好回家。

李银堂到世界一号大楼告状的消息很快就传开了。没几天副乡长就派小车把他接到乡里。副乡长给他倒了杯热水，满腹狐疑地看着面前晒得黑黑地李银堂问：“你真的去世界一号大楼了？”

李银堂使劲点了点头。

“那你给我说说世界一号大楼什么样。”

李银堂就把见到的那座大楼详细描述了一番。末了，他又补充说：“乡长，你看见我们村后的那座大山了吧，它还没有大楼的一半高呢。”

这一番话让副乡长听得瞠目结舌，血压忽地一下就高上来了，糊里糊涂地连喊了三声“娘唉”。过了好久他才缓过劲来，说：“行了，我知道你有种，谁都治不了你，你竟然跑那么远，行了，也别给我惹麻烦了，我也是两年多没有出去了。我让村长给你家道歉，再把你爹的病看好，行了吧？”

李银堂很高兴，自己既长了见识，还把问题解决了，真是一举两得啊。年底，村长进行改选，由于李银堂是见过世面的人，竟然被大家推选为村长，不过上任后，他确实干得比前任好。

好苗要成大树

温晓芸马上就要大学毕业了。现在流行一个顺口溜：我背着一麻袋的钱去上大学，换了一麻袋的书，等我毕业后，这一麻袋的书却换不回一条麻袋了。尽管是对当今的一个形象写照，但是温晓芸却没有这么消极。她开始到处找工作，可是的确太难了，无论到了哪里，都是人山人海，走到哪里都是失望。怎么办？总不能零工资吧。这也对不起家庭啊，自己可是贷款上的大学啊。再说现在是栽树的季节，老爹还等着自己的钱买树苗呢。没有办法只好先回到家里，在家里她发现老爹的背驼得更厉害了。她就偷偷抹了一下脸上的泪水，发誓一定要混出个样子来。正好，自己的一个同学打来电话，问她还愿意来省城吗？她问有什么好工作吗？同学说凭你的俏模样还怕找不到好工作？她一时没有明白过来，就追问到底是什么工作。同学吞吞吐吐了好长时间，她这次明白是要自己去当二奶啊。温晓云对着电话狠狠地“呸”了一声，就挂断了。

吃过饭后，老爹把她叫过去，给了她一个纸袋。“这是什么？”她不解地问。老爹说：“孩子，这是三千块钱。你拿着它当个本钱吧，在家里这样闲着也不是个事啊。”她一听就急了：“爹，这可是买树苗的钱啊！”爹说：“爹懂得一个道理，错过了季节，树栽下也不能长了。人也是这样，刚大学毕业心劲足，正是干事的时候。树苗可以明年栽，孩子你可是耽误不起啊。是好苗子就一定能长成大树。”爹的话说完了，温晓芸的眼泪也稀里哗啦地流了一大堆。她就不信，凭自己大学里学到的东西，凭自己从小就是班干部的素质，还能找不到属于自己的事业？

到了省城，跟人合租了一间简陋的房子。温晓芸就开始考察，最后经过慎重考虑，她有了第一个感触，那就是小孩子的钱最好挣了。该怎么挣？她又开始四处打探。为了省下车钱，她几乎都是步行，这样也有助于考察。

三天过后，她就进入了准备阶段，先是在一个很大的小区附近租了一间房子。然后开始打出广告，收集废旧玩具和小孩衣服，以及书籍。还别说，不到一个星期，就收了一大堆，这些东西有的还很新，但是价格很便宜，现在家家是独生子女，都很娇气，孩子的东西用不了几天就换下了，所以都能用。紧接着，就打了另一个广告，出租玩具和小孩玩具。因为如果给小孩的买玩具，根本玩不了几天就扔一边了，所以如果租的话，就合算多了。小孩的书籍也是这样。至于小孩的衣服，自己经过太阳暴晒甚至高温消毒后再对外以低价出售。当然不是面向小区，而是面向一部分打工族。

开始并不是很顺利，因为很多人都还不知道。她就加大了宣传力度，印了一些传单到小区去发放。这样过了半个月，就已经顾客盈门了。温晓芸是个勤快姑娘，把自己的店面收拾得干干净净，让顾客进来感觉很舒畅。加上她人长得漂亮，口才也好，更重要的是她耐心又细心，态度和蔼，谁家的小孩来了她都抱着逗弄一番，还把孩子夸得跟花一样。因此回头客很多。她还弄了个意见簿放在桌子上，让大家提意见，这个东西在其他地方基本上都是摆设，但在她在这里，是真心实意的倾听大家的建议和意见。甚至还给提意见的人发小奖品，当然没有谁为了奖品。旁观者清，还真的有顾客给她提了不少意见，说你只搞这些，量太小，不能充分利用店面。她就虚心请教，让人家指点迷津，顾客说你可以再卖点东西啊。其实这个问题她也不是没有考虑过，但就是拿不准该卖什么。顾客说现在现在小孩子的一句话让温晓芸茅塞顿开。她经过考察，开始跟一制造小孩钙的厂家联系，提出要当该厂家在本地的总经销。厂家经过调研，认为可行，看着她很诚恳，就答应可以先赊销一部分产品。没想到经过一段时间的试卖，效果出奇的好。

温晓芸是个爱琢磨的姑娘。这天来了一个年轻的母亲，抱着个小孩。温晓芸问孩子会走了吗？这个母亲说还不会呢，说着就把孩子放在地上，但是孩子踉踉跄跄地走了几步就一下子摔倒了，正好摔了头，年轻母亲赶紧把孩子抱起来走了。温晓芸就了解到这个阶段的孩子是头重身子轻。一旦摔倒最容易摔头了，这也是许多家长最担心的。晚上睡不着她忽然有了一个主意，心想如果让孩子带上头盔不就行了吗？于是她就开始设计，她在网上联系了一个专家，给她出了不少主意。一有空她就往附近一个头盔加工点跑。这样经过一个多月的艰苦努力，终于一款适合小孩头型和年龄特点的头盔设计出来了。这种头盔不光安全性能好，而且轻巧，舒适，小孩戴上没有任何累赘感。接下来就该是卖自己的专利了，她把这个想法告诉了自己大学的班主任。班主任建议她可以找个有实力的厂家一起合作，这样能保证自己利益的最大化。她就让班主任帮忙，为她联系了自己以前的一个学生张辉。张辉也是自己创业，现在已经初具规模。两人很快就签了协议。温晓芸出点子和技术，张辉出设备，并负责市场营销。出了效益后两人按照四六分成。

产品出来后，很受欢迎。因为这种产品在市场上是一片空白。现在最重要的是生产跟不上销售。张辉就贷款增加了设备，并让工人三班倒。

温晓芸也是一天几个电话了解生产和销售情况。张辉说："现在一切都好，就是你的分红还得往后压压。"温晓芸就说："谁要你的分红啊，你只要别累着就行。"那边的张辉一阵感动，这几年光忙事业了，还没来得及谈恋爱呢，现在终于有人关心自己了，心情怎么不灿烂呢？

半年过后，开始见到规模效益了。温晓芸的小店经营得也是红红火火。她还完了自己上大学的欠款，而且特意回到家里，捧着三万块钱。对老爹说道："爹，您说的没错，是好苗子就一定能长成大树。我没有辜负您。"

张辉给她打电话说要把挣到的钱都给她打过来。她不解，忙问为什么。张辉说："还不都是咱们的吗？别忘了连你都快是我的了。"她回敬了一句："休想！"就红着脸挂断了电话。

乡里乡亲

大宝和小宝是双胞胎，在城里做生意，很红火。昨天有人给他们打电话说老爹王树龙要到城里去打工给别人当保姆，他们马上开车从城里赶了回来。从上次跟爹吵了一架后，他们已经两三个月没有回来了。一来是生意忙；二来是娘生重病住在医院里，需要伺候；三来嘛，也是对爹有点意见。

他们大包小包带来很多东西。小宝顺手给了在一边玩耍的小健一包好吃的，小健调皮地给他敬了个礼。小宝问："爹，你怎么还没把小健送他姑姑家啊?"小健六岁了，他爸爸妈妈去外地打工好几年都不回来，也联系不上，小健就由他奶奶带着，奶奶年前去世了，小健就成了没人管的野孩子，王树龙就把他接到自己家里。他叹了口气，"难哪，我去他姑姑家里看过，吃了上顿没下顿，小健去了连肚子都填不饱，更别说上学了。"

大宝发话了："爹，我们动员你到城里去住，你就是不答应，现在我娘眼看快不行了，您又要到城里去打工，还当保姆，故意让我们难堪是吧，您说说到底是我们哪里做得不好啊，你要是缺钱，就说一声。"

王树龙抱着头坐在沙发上，一句话也不说。其实孩子今天能够回来，他已经够满足的了，但是现在不知道该怎么讲了。大宝说："这么着吧，爹，咱讲个条件，你可以到城里去应聘保姆，不过要是试上几家，没有人愿意用你的话，你就在城里住下。"然后他跟小宝使了个眼色，他们心照不宣，就爹这样年纪的，人家谁会放心让他带孩子啊！小宝说："爹，你可想好了，现在城里的小孩金贵着呢，你觉得人家放心让你看孩子吗?"

没想到王树龙却说："你们怎么不知道没有人会用我，我又不是没有经验，东院你三婶的孙子还经常让我看呢。小健我带着也挺好，你们知道我就是喜欢孩子。城里已经有一家答应我去了，而且可以带着小健，就是给的工钱少点，可是再少我也得带着小健。”说着就到了里屋，捧出来个盒子，从里面取出个厚厚的本子。

大宝知道这个本子是爹以前写的拉扯他们弟兄两个成长的记录，类似于我们今天的“育儿日记”，但是又跟现在的“育儿日记”有很大的不同，一点也不详细，其实都是在他们弟兄两个成长中发生的一些事件。不过这也够让他们哥俩佩服的了，在他们二十岁的时候，爹把这个本子拿出来让他们看过，他们感动得热泪盈眶，感到了父母的艰辛，所以就下决心一定干出个名堂来，让爹娘过上好日子。王树龙说：“不光是我跟你娘辛苦，乡亲们也没少操心帮忙啊！”

大宝和小宝明白他的意思，这些年他们也没有亏待父老乡亲啊，为村里建了桥，还修了路，哪家有困难，他们也是尽力帮，难道这些还不够吗？

眼看到了中午，王树龙说咱到外面去逛逛吧，我心里有点堵得慌。于是他们父子三人就走出家门。村民们都热情地跟他们打招呼，并邀请他们到家里坐坐。不知不觉就到了村东头，来到李大爷家里，一进屋就感到一阵寒气扑来。哥俩皱了皱眉头，不用说暖气肯定是冰凉冰凉的。小宝问李大爷怎么没有生炉子啊。李大爷跟李大娘蜷坐在床上，冻得直发抖。大宝心疼得上去跟他们掖了掖被子，王树龙对两个儿子说：“你们安装得这些暖气片，只热乎了一个冬天。当初为了这件事，你们可是上了报纸的，也当着记者的面表了态，说要保证让这些老人不受冻。”

回到家里，大宝跟小宝商量着今后每家再补充一吨煤。看爹没有表态，小宝就急了，“爹，您说怎么办啊？”

王树龙说：“我有个办法，不过得要你们配合？”小宝跟大宝面面相觑，他们明白要他们配合是什么意思，得出钱啊，爹可千万别狮子大开口啊。

王树龙说：“孩子，帮乡亲们建个敬老院吧。”一听这话，小宝先跳了起来，“爹，您以为这是喝口水这么简单啊，这可是需要上百万的！”大宝也直摇头。

王树龙一看他们这样，就想发火，但最终还是压住了，他耐心地跟他们解释说村主任前两天来找过他，他们合计过了，建个像模像样的敬老院，把村里 70 岁以上的老人都集中起来住，白天在一起聊聊天，打打牌，晚上在一起看电视，粮食和油从自家带，再雇上几个人帮忙做做饭，照顾一下，这些人的养老问题就基本解决了。不过，除了建房和买里面设施，他还要两个儿子每年再负责20吨煤。

大宝和小宝听了，都感觉这个点子的确不错，但是很快就说钱从哪里来啊，这百万块钱，也不是在手边说拿来就拿来的。他们就想否定。可是爹却跟上一句："这钱啊，我也不让你们额外拿。"

不用额外出钱？两个人都疑惑地看着爹。"这不可能吧？"

王树龙说："我知道你们都很孝顺，你娘住院的这段时间，你们尽力了，她也知足了，村里人没有不夸你们的。可是再搞这么大的场面我看也没有什么必要。"

大宝和小宝都是聪明人，一听就明白是怎么回事了，一定是老爹听到了他们的计划。前几天，他们弟兄俩合计着，娘这一辈子含辛茹苦地，不容易，所以他们要把丧事办得场面一些，他们想每人拿出80万元来，并租下镇上最大的广场，还要聘请专业的策划公司。

大宝和小宝都默不作声。

一看这样，王树龙就把手里的本子递过来，说："你们看看还是原先那一本吗？"大宝疑惑地接过来，往里一翻，的确不是那一本了。看里面的内容，字写得歪歪扭扭的，而且也不是一个人写的，还写着许多数字什么的。王树龙叹了口气，给他们说起那段往事，当时家里很穷，一下生下两个孩子。他们两口子都累到了极点，还缺吃少穿。关键时候，是街坊邻居给了他们帮助，东家几个鸡蛋，西家几斤小米。最令人感动的是村西头几户平时很少往来的人家怕他们做不上饭，竟然轮流给他们送蒸熟的大包子，尽管都是地瓜秧子和树叶子做的馅，但在当时就是山珍海味啊。当时王树龙就下决心今后要还他们，所以就想记个账，但是说实在的当时他们连记账的时间都没有，就让乡亲们自己记上，他们大多也就是这么应付着记两笔，这就是他们的记账本。王树龙越说越激动："你们拿着钱这样折腾，不光乡亲们会戳你们的脊梁骨，就是你娘也会骂你们的！我先把话说前头，要是你们这么穷烧的话，以后就别想再回这个村里了，起码我活着的时候你们回不了！"

大宝说："这样吧，爹，我们也不能全听你的，我娘的丧事虽说可以不大操大办，但是也不能太简易，把节省下来的钱建敬老院，不过你还得满足我们一个条件才行。”

王树龙一听有谱，赶紧表态说行，只要答应这件事，其他方面可以听他们的，包括不去当保姆。于是大宝就提了他们的条件，要爹今年下半年要跟他们到城里去住。王树龙想了好大一会儿，最后还是答应了。“不过，我得带上小健，这孩子离不开我，留给谁我也不放心。”他故意把话说得很轻松，好像这个条件根本就不是条件一样。弄得哥俩连个反驳的余地都没有。他们扭头看看小健，确实很可爱也很可怜的。小宝嘟囔道：“我们都成扶贫的了，养老的还得管小的。”王树龙也没生气，而是说这就像种庄稼一样，有力气就得多付出点。

两个儿子走后，王树龙来到村主任家里，高兴地说：“怎么样，还是我的计划好吧，我要不是说去当保姆，他们也不会回来。这下好了，我的条件孩子们答应了，小健的事情你也别操心了。”村主任递给他一把花生，说道：“吃点这个，养养你的胃。老哥，孩子个个都是好样的，他们什么时候也忘不了父老乡亲的。”然后劝道，“孩子们心疼你的身体，你也要领情啊。”

到了晚上，大宝给村主任打来电话：“二叔，我爹答应我们到城里来住了，他那一身慢性病该好好治治了。到时候我娘的丧事就由您来操办，尽量节省吧。”

其实，王树龙不知道，这好长时间不回家，都是大宝和小宝提前计划好了的。最近他们就是要设法跟老爹讲个条件，好让他来城里住，小时候都是爹和娘给他们讲条件，哄着孩子们好好吃饭，好好上学，现在要反过来了。他们也早就跟村主任商量好要建一个敬老院的，不过他们原计划只是投60万的。

半个月后，母亲去世了，丧事是在村里办的，既不失隆重又不奢华。总共花了还不到两万块钱。大宝和小宝光顾着哭了，至于怎么办的，都是由村主任和王树龙说了算。等下葬完了，大宝和小宝多少表示出不满。爹对他们说：“孩子，你们看看电视吧。”正好是新闻节目，说大兴村里的两个富翁兄弟对母亲生前很孝敬，母亲去世后也不显摆，电视里号召更多的有钱人向他们学习。原来，这几年，对婚事和丧事大操大办的现象很普遍，而且已呈互相攀比之势，他们正好树立了一个榜样。“电视台怎么知道的?”他们不解地问村主任。村主任说：“问问你爹吧，这都是他的主意。”爹就说了一句话：

“别人都说你们是成功人士，你们就该这么做。”

这几天报纸上和网络上都对这件事情进行了深入报道，一时间好评如潮。弟兄俩的生意也受到了很大的影响。当然这个影响是正面的，订单比以前多了好几倍。弟兄俩合计着不光增大对村敬老院的投资，还计划拿出一部分钱来给贫困地区的孩子增加营养。他们这才明白：有爹在，就不能离开他的掌控，爹永远都是他们的后盾。

谁愿意闹事

一

原先的公司倒闭后，我就由一个部门经理变成了一个闲人。以前说我年纪轻轻就是领导，将来会大有前途的那些人都用一种特别的眼光看着我。我受不了这种刺激，找到一份稳定的工作就成了我的当务之急。我有什么关系呢？想来想去，就想到了有一个远房的舅舅在外面做官，虽然没有多少往来，但是有老妈这层关系，估计也不会太让我为难。

于是就来的了城里，找到了远房的舅舅，舅舅年纪大了，权势已经大不如从前。当我说明了来意。舅舅对我拿去的两条上好的香烟很是不屑，说你这孩子怎么也学这个啊。我挠着头皮说很久没见孝敬一下您。舅舅先是说了当前的很多困难，然后迟疑了一会儿，就给我写了个条，告诉我该去找谁。我对舅舅说了很多感谢的话。

从舅舅那里出来，我握着这个千金难换的纸条找到了那个人。那个人看了纸条先是皱了皱眉头，接着问了我电话号码，然后让我回家去等。我壮着胆子说我已经在家里快闲了半年了，实在不想再等了。本想那人会生气，我已经想好了万一他生气我会怎样答复的话。但出乎意料的是，他上下打量了一下我的身板，问道："没有什么疾病吧？"我把胸脯一拍说："练过散打，身体能对抗铁块子。"他说："那好吧，我们安排你到一个特殊的部门。要是愿意，你明天就可以上班。"我问什么部门。他跟我解释说这个部门暂时还叫不上名来，因为正在申报。"但是，"他说，"经过一段时间的试用期后你就可以转为事业单位的正式职工。"这让我大喜过望，做梦我都想有一个铁饭碗，于是我点头连连应允。

我把这事告诉了正跟我不冷不热的女朋友，听后，她一改往日的多云间晴，抱着我一连亲了好几下，并问我单位分不分福利房。我说都什么年月了，还有福利房。但是为了稳住她，我说："只要工作有了，收入稳定了，买房子还是什么难事啊。"

二

我第二天就去报到了。一块来的还有另外五个人，都是很强壮的哥们。我们相互点点头，脸上都洋溢着一种很有成就的自豪感，接待我们的是一个比较瘦小的中年人，我们都叫他严主任。或许在我们面前他很没有优势感，所以他一直是坐着的，就连跟我们握手，也是那样伸出手来，但是他很热情。脸上一直挂着微笑，还招呼人给我们倒水。

我们都期待着严主任赶快给我们分配任务。他倒是一个很爽快利落的人。他开门见山地说："我们这是个保稳部门。"怕我们听不明白，他又做了很多解释。说实话，要不是他解释，我们还真的不明白，都是第一次听这个名字。"你们的任务就是在关键场合对付那些不守法，胡乱上访的人。"虽然我们先是面面相觑，但是当严主任告诉了我们这是形式的需要时，我们很快就调整了坐姿，等着他做进一步的指示。他说："你们要注意分寸，轻重结合，既要达到目的，又要不弄出事来。"然后用手一指我，宣布道："张君军，你担任副组长。"我愣了好久都还没有反应过来，还是同伙捣了我一下，我这才受宠若惊地点了点头。严主任继续说："正组长是一个经验比较丰富的同志，他因为出差，要过几天才能回来。"

经过了几天的封闭训练后我们就正式上岗了。训练我们的是一个很瘦削的教官，他对我讲得最多就是对待无理取闹的人，要不留情面，让他们不能抱有任何幻想。

我们的组长也归队了。他比我们还要强壮，而且很精明能干。

我们主要是在一些重要部门执勤。乍一看我们跟平常人没有区别，夏天的时候是穿得很随便的那种 T 恤。我们碰到的第一个的目标是一个来上访的男子。当然我们不会叫他是上访的，我们说是来捣蛋的。队长让我们把这个人弄到屋里，不由分说就是一顿暴揍。一会儿就被揍得东倒西歪了，先是踉踉踉跄跄地走了几步，然后就倒下了。过了好大会儿，在他刚睁开眼的时候，组长叫来一辆车，把他拉走了，让我和另一个人把他送到了郊区。因为要再返回城里就很困难了。中午，组长请我们吃饭，对我们今天的表现进行了点评。

过了几天，又来了一群妇女，看得出他们群情激昂，一个个摩拳擦掌。组长对我们一挥手说声“上!”我们就冲了上去，将她们一个个踹倒在地，然后就是一阵猛踢。她们在地上哭爹叫娘，我们如法炮制，把她们拉到郊区。

后来，又来了一个上访的。这个人很特殊，是一个孕妇，挺着大肚子。连走路都很艰难。我们面面相觑，不知如何下手。我们都看着组长，他真不愧是一个很有经验的人。他让我们先把她拦下，然后一个电话把车叫来，我们就不分青红皂白把她拉到车上，组长嘴里说：“我们带你去找人。”并且他也上了车，这次他没有让司机在郊区停下，而是继续开，在一个前不着村后不着店的地方停下了。在我们疑惑的目光下，组长把那个孕妇拉了下来。孕妇喊道：“你们把我们弄到这里来干什么？我要回家!”但是组长已经上了车，我们绝尘而去。孕妇的声音听不见了，我回头看，她慢慢地变成了一个小圆点，我不知道她何时才能回到家里。

回到我的家里，我没把这件事情告诉我父母。以前那些事我有的讲给他们听，爸爸就说我没良心，妈妈骂我是魔鬼。魔鬼就魔鬼吧，一个月两千多块钱的工资能按时打到我的折上才是最重要的。那些邻居们又都高看我一眼了，说我都成吃皇粮的人了。我决定把这件事告诉我的女朋友，因为我们虽然还没有结婚，但是闲暇的时候经常谈论要孩子的事。女朋友捂着嘴巴睁大惊恐的眼睛。我感觉她样子有些夸张，但是一会她就朝我身上挠了起来，说我恐怖加残忍。我躲闪着，嘴里说着你镇静，镇静，她竟然流泪了。我知道她是真的难过了，我是第一次见她这么伤心。其实这段时间，她的主要精力都用在了想房子，看房子上了，事后我说要不我辞职吧，其实我是在试探她，我可舍不得这难得的工作。听后，她也表示坚决反对，她说没有工作你喝西北风啊。

三

没过多久，我们就过了试用期，上边对我们很满意。说我们作风优良，纪律严明，该出手就出手，智勇双全。于是很快就兑现了原先的承诺，将我们全部转正了，工资也一下子涨了好几百，这让我们很高兴，每人拿出来一百块多钱在一个高档的饭店里好好庆贺了一下。

我们的日子就是在这种既紧张又不乏轻松的环境里度过着。可是不久就发生了一件让人意想不到的事情。那天是星期一，这是我们必须高度警惕的时候，刚弄走了一拨人，又来了两个妇女。尽管穿戴打扮很光鲜，但是也掩盖不了她们是来办事的，这从她们慌乱的步伐和紧张的眼神中可以看得出。但是为了保险期间，我们还是很客气地拦住了她们，问找谁，她们看着像防盗门一样的我们，说要找某某人，我们就心中有数了。某某人可不是随便谁都能找的。这次组长表现出了前所未有的忍耐性，往里面打了个电话。放下电话后，组长的脸就变青了。先是呵斥了她们一顿，她们就扯起脖子跟我们争论。我们都知道接下来该用什么解决了。因为我们私下里都对我们这一行做了一个精辟的总结：道理就在拳头所及之处。

没有等组长下命令。我们就动手了，各有两个人把她们抓住。然后把她们的胳膊加起来，其余的就开始捶打脚踢，这个姿势用脚踢最得劲了。我们贼亮的皮鞋在她们的腿上或者身上什么位置猛烈地撞击着。还有不知道谁往她们了脸上猛掮。她们都撕心裂肺地叫喊着，这种声音引来了很多围观的人。他们有劝阻的，有看着热闹起哄的，有骂我们的。我们都习惯了。一会儿，她们就没有了刚才的理直气壮，只剩下无力的呻吟。她们遍体鳞伤，一个勉强扶着墙站着，另一个年轻些的已经躺在了地上。这次组长没有叫车，因为外面围的人实在是太多了，估计车也开不进来。组长让我们把她们拉进屋里。然后破天荒地允许她们喝了点水，又带电话让她们家里人来领，这才知道她们是姐妹两人。

没有想到，我们打人的情景正好被路过的两个省报记者给拍下来了，他们还要到屋里来进行采访和拍照。这是我们绝对不能允许的，就去抢他们的摄像机，用一个比较时尚的话说就是双方发生了肢体冲突。不过还是有一个人逃脱了，那家伙拿着摄像机飞快地钻进了人群里。我们没有追上，因为那些人有意地把我们拦住了。我真佩服他们两个的协作精神，另一个掩护他跑的甘愿留下挨揍。不过组长很快制止了我们，他知道再打他也是无济于事，打伤记者后果可是很严重的。以前我们遇到过这种情况，对付记者可以采取收买的方式，或者让上边出面，十有八九能摆平。

果不其然，在上面的运作下，省报只发了一个简短的文字新闻，说这里发生了一起工作人员与百姓的殴斗事件。正当我们暗自高兴的时候。更大的事情发生了。我们万万没有想到的是这次挨打的两个女人竟然是一个离休老干部的女儿，那天她们是因为房产的事情来找人解决的，德高望重的老干部气得把电话打到了更高的部门。于是麻烦来了，因为之前已经有好事的网友把那天的情景用手机拍下来发到了网上。很多人跟帖表示愤慨，这样一闹，省报的那两个记者又跳了出来，到我们的上级那里和当时围观的人那里采访。并发了更加详细的报道。更多的媒体竞相爆料，尤其是网上，这些内容以光的速度在传播着。这下可炸锅了，我们一个个都呆若木鸡，往日的威风一扫而光。我们被要求停止一切活动，事情已经不是我们所驾驭得了。只得由我们的上级和上级的上级来解决了，先是把她们送到了市里最好的医院，再去赔着笑脸说了很多好话。

这次处理得很快。上级召开了面向全国媒体的新闻发布会，宣布组长调离岗位，副组长，也就是我，被开除职务，组员有两个被拘留。这是我绝对没有想到的。我想顶多就是把我的副组长给撸了。我想申诉，但在这个当口上，谁愿意接见我啊！他们多发给了我两个月的工资，我一下子又成了无业游民。

四

过了一个多月。我想事情不能就这样完了。因为女朋友已经向我发出了最后通牒，要是再找不到合适的工作，不能在最短的时间内买到房子的话，就要跟我掰了，她说她对我的做人已经失去了信心，她甚至怀疑婚后我是不是会习惯性地虐待她。我求她了，让她再给我些时间，

我只好厚着脸皮去找远房舅舅。可是到了那儿，工作人员说他老人家已经退休了，我心凉了半截。回到家里，躺在床上，终于做出了一个让我也吓一跳的决定：我要上访！我想生活真是捉弄人，一个专治上访的人，最后竟然也开始上访了。

我到了省城，我早就知道，这儿布有我们那里的抓访人员。我就迂回着

进了信访办，在里面没有找到人。当我刚一出来，就被抓了个正着，那是四个比我还要强壮的大汉，有一个还穿着制服。对付他们，我有些吃力，但也不至于被他们生擒。但是很快就过来几个保安，他们合起伙来把我的胳膊给拧住了，然后给我戴上了手铐，这下我再有本事也没用了。我被他们塞进汽车里，然后不知道是谁在我的腰部捅了两拳，生疼，我可是好久没有挨打了，于是恼羞成怒，但是我根本没有办法还手，只能愤愤地瞪着他们，然后被拉了回来，第一次就这样以狼狈告终。

我知道要把事情办成，就得胜不骄败不馁，于是化妆再去，但是还没有出城就被一群人抓了回来。这次他们把我带到一个地方，很严肃地对我进行了训斥，说我没有原则，没有纪律。我说要是没有工作，我就什么都没有了。他们问我有什么要求。我说不求恢复原职，只要能让我工作。我又补充了一句要是你们不给解决，我绝不罢休。他们说好吧，我们把你的情况研究研究，你先回家去等着。临走的时候又对我进行了一番苦口婆心的教育，让我认清形势，别做傻事。我感到有希望，就同意写了一份保证书。

在家里等了一个星期，他们就打电话让我过去一趟，告诉我还在原单位上班，问是否我愿意。我问还有其他选择么？他们说了一个效益很差的单位，我想了想说好吧，于是就去了原单位。不过我们的工作方式发生了很大的变化。不变化不行啊，很多人，包括媒体都在盯着呢。

没过几天，我在值班，看着两个女人远远地走了过来，我们严阵以待。等她们走近了，才看清，竟然还是老干部的那两个女儿，她们看上去很憔悴，脸上的伤痕还没有完全消下去，看上去苍老了许多，妹妹走路还一瘸一拐的。其实通过那次事件她们的问题已经解决了，那为何还要来呢？我们不知道该怎么办才好。拦还是不拦？我们的新组长赶紧打电话请示，这时，她们已经走到了我们跟前，组长向我们挥了挥手，让我们放行。然后他把我叫到一边，小声说道："她们来上访的原因你知道吗？"我茫然地摇了摇头。他说："是因为你。""因为我？"我大吃一惊。"是啊，你又回到了原单位，她们表示抗议。"

看着她们踉踉跄跄的背影，我不该如何去做。第二天，又见到她们时。我向她们恭恭敬敬地鞠了一个躬，说道："你们不用再费劲地往上找了。"然后我到了上级那里，递上了辞职报告，在他们疑惑的目光中，我从容地离开了。

我还没来得及把辞职的事情告诉女朋友，她却对我说：“我也要上访。”我差点惊掉嘴巴，她继续幽幽地说：“我要到你的父母那里去上访，不给买房子就别想让我们结婚。”

盯着她，我淡淡地回答：“你随便吧。”